岁朝清供

汪曾祺 著

生活·讀書·新知 三联书店

图书在版编目（CIP）数据

岁朝清供／汪曾祺著．—2版．—北京：生活 · 读书 · 新知三联书店，2019.3
（中学图书馆文库）
ISBN 978－7－108－06482－0

Ⅰ．①岁…　Ⅱ．①汪…　Ⅲ．①散文集－中国－当代
Ⅳ．① I267

中国版本图书馆 CIP 数据核字（2019）第 032869 号

特邀编辑　汪家明
责任编辑　王　竞
装帧设计　薛　宇
责任印制　卢　岳
出版发行　生活 · 讀書 · 新知 三联书店
（北京市东城区美术馆东街 22 号 100010）
网　　址　www.sdxjpc.com
经　　销　新华书店
印　　刷　河北鹏润印刷有限公司
版　　次　2009 年 12 月北京第 1 版
2019 年 3 月北京第 2 版
2019 年 3 月北京第 8 次印刷
开　　本　787 毫米 × 1092 毫米　1/32　印张 9.5
字　　数　170 千字
印　　数　38,001－46,000 册
定　　价　38.00 元
（印装查询：01064002715；邮购查询：01084010542）

写在前面

汪曾祺（1920～1997）是江苏高邮人，曾就读西南联大中国文学系四年，师从沈从文等。解放前当过中学教员、历史博物馆职员。解放后长期在北京做编辑工作，编过《北京文艺》、《说说唱唱》、《民间文学》；写过剧本，后来有十多年在北京京剧团做编剧，曾参与《沙家浜》的修改和定稿。他在短篇小说和散文创作上颇有成就。1947 年、1963 年分别出版短篇小说集《邂逅集》和《羊舍一夕》；大量作品是 1979 年以后写作的，出版有小说集《汪曾祺短篇小说选》、《晚饭花集》，散文集《蒲桥集》、《逝水》，文学评论集《晚翠文谈》等，其他版本不计其数。

汪曾祺的作品多写民国时代风俗人情，写童年、故乡，写记忆里的人和事，具有浓郁的乡土气息。他喜爱《世说新语》和宋人笔记，倾心晚明张岱的文章，坚持“独抒性灵、不拘格套”的文学实践。他长于江南，定居于京城，作品中不乏风和日丽、小桥流水的江南颜色和四合院、小胡同的京城韵致。他总是从小的视角进入，从别人不注意的一些日常琐事入手，好像是即兴偶感，随口道来，却从这些日常琐事中揭示出真正的美。他的文章似在向人们发出这样的呼吁：慢点走，欣赏你自己和自己身边啊！

汪曾祺希望通过自己的作品从内容到形式建立一种原汁原味的“本色艺术”，没有结构的苦心经营，也不追求题旨的玄奥深奇。他曾说：“我是希望把散文写得平淡一点，自然一点，家常一点的。”文如其人。他的为人特点是心地的淡泊和对人情世物的达观与洒脱，即使身处逆境，也能够平心对之。在被打成右派下放张家口劳动的日子里，他奉命画一套马铃薯图谱。每画完一个整薯，还要切开来画一个剖面，画完了，“薯块就再无用处，我于是随手埋进牛粪火里，烤烤，吃掉。我敢说，像我一样吃过那么多品种的马铃薯，全国盖无二人。”

本书主要选入了汪曾祺的一些散文，写自然界草木虫鱼鸟兽为一部，写饮食为一部（汪曾祺还是一位美食家)，写故人往事为一部，另外还选了他的一些“散文化”的小说，最后一部是谈语言和谈作文的文章。汪曾祺的语言平实而又美丽，他对语言有独到的见解，堪称当代文坛一绝。

生活·讀書·新知 三联书店编辑部

2009 年 12 月

目录

葡萄月令 …… 001
夏天 …… 009
淡淡秋光 …… 013
冬天 …… 019
岁朝清供 …… 023
下大雨 …… 026
花 …… 027
夏天的昆虫 …… 035
昆虫备忘录 …… 038
猫 …… 043
草木虫鱼鸟兽 …… 046

宋朝人的吃喝 …… 050
葵·薤 …… 054
五味 …… 060
故乡的食物 …… 066
食豆饮水斋闲笔 …… 084
萝卜 …… 096
豆腐 …… 102

午门忆旧 …… 111
自得其乐 …… 116
随遇而安 …… 125

多年父子成兄弟 ………………………………………………… 137
星斗其文，赤子其人 …………………………………………… 142
闻一多先生上课 ………………………………………………… 155
名优逸事 ………………………………………………………… 158
《水浒》人物的绰号……………………………………………… 165

黄油烙饼 ………………………………………………………… 172
晚饭后的故事 …………………………………………………… 183
晚饭花 …………………………………………………………… 206
鉴赏家 …………………………………………………………… 222
金冬心 …………………………………………………………… 232

黄英——聊斋新义之一 …… 241
石清虚——聊斋新义之二 …… 246
学话常谈 …… 250
语文短简 …… 255
“揉面”——谈语言 …… 259
谈读杂书 …… 276
写字 …… 278
小说笔谈 …… 283
小说陈言 …… 290

葡萄月令

一月，下大雪。

雪静静地下着。果园一片白。听不到一点声音。

葡萄睡在铺着白雪的窖里。

二月里刮春风。

立春后，要刮四十八天“摆条风”。风摆动树的枝条，树醒了，忙忙地把汁液送到全身。树枝软了。树绿了。

雪化了，土地是黑的。

黑色的土地里，长出了茵陈蒿。碧绿。

葡萄出窖。

把葡萄窖一锹一锹挖开。挖下的土，堆在四面。葡萄藤露出来了，乌黑的。有的梢头已经绽开了芽苞，吐出指甲大的苍白的小叶。它已经等不及了。

把葡萄藤拉出来，放在松松的湿土上。

不大一会，小叶就变了颜色，叶边发红；——又不大一会，绿了。

三月，葡萄上架。

先得备料。把立柱、横梁、小棍，槐木的、柳木的、杨木的、桦木的，按照树棵大小，分别堆放在旁边。立柱有汤碗口粗的、饭碗口粗的、茶杯口粗的。一棵大葡萄得用八根、十根，乃至十二根立柱。中等的，六根、四根。

先刨坑，竖柱。然后搭横梁，用粗铁丝摽紧。然后搭小棍，用细铁丝缚住。

然后，请葡萄上架。把在土里趴了一冬的老藤扛起来，得费一点劲。大的，得四五个人一起来。“起！——起！”哎，它起来了。把它放在葡萄架上，把枝条向三面伸开，像五个指头一样地伸开，扇面似的伸开。然后，用麻筋在小棍上固定住。葡萄藤舒舒展展，凉凉快快地在上面呆着。

上了架，就施肥。在葡萄根的后面，距主干一尺，挖一道半月形的沟，把大粪倒在里面。葡萄上大粪，不用稀释，就这样把原汁大粪倒下去。大棵的，得三四桶。小葡萄，一桶也就够了。

四月，浇水。

挖窖挖出的土，堆在四面，筑成垄，就成一个池子。池里放满了水。葡萄园里水汽泱泱，沁人心肺。

葡萄喝起水来是惊人的。它真是在喝喨！葡萄藤的组织跟别的果树不一样，它里面是一根一根细小的导管。这一点，中国的古人早就发现了。《图经》云：“根苗中空相通。圃人将货之，欲得厚利，暮溉其根，而晨朝水浸子中矣，故俗呼其苗为木通。”“暮溉其根，而晨朝水浸子中矣”，是不对的。葡萄成熟了，就不能再浇水了。再浇，果粒就会涨破。“中空相通”却是很准确的。浇了水，不大一会，它就从根直吸到梢，简直是小孩嘬奶似的拼命往上嘬。浇过了水，你再回来看看吧：梢头切断过的破口，就嗒嗒地往下滴水了。

是一种什么力量使葡萄拼命地往上吸水呢？

施了肥，浇了水，葡萄就使劲抽条、长叶子。真快！原来是几根根枯藤，几天工夫，就变成青枝绿叶的一大片。

五月，浇水、喷药、打梢、掐须。

葡萄一年不知道要喝多少水，别的果树都不这样。别的果树都是刨一个“树碗”，往里浇几担水就得了，没有像它这样的：“漫灌”，整池子的喝。

喷波尔多液。从抽条长叶，一直到坐果成熟，不知道要喷多少次。喷了波尔多液，太阳一晒，葡萄叶子就都变成蓝的了。

葡萄抽条，丝毫不知节制，它简直是瞎长！几天工夫，就抽出好长的一节的新条。这样长法还行呀，还结不结果呀？因此，过几天就得给它打一次条。葡萄打条，也用不着什么技巧，是个人就能干，拿起树剪，劈劈啪啪，把新抽出来的一截都给它铰了就得了。一铰，一地的长着新叶的条。

葡萄的卷须，在它还是野生的时候是有用的，好攀附在别的什么树木上。现在，已经有人给它好好地固定在架上了，就一点用也没有了。卷须这东西最耗养分——凡是作物，都是优先把养分输送到顶端，因此，长出来就给它掐了，长出来就给它掐了。

葡萄的卷须有一点淡淡的甜味。这东西如果腌成咸菜，大概不难吃。

五月中下旬，果树开花了。果园，美极了。梨树开花了，苹果树开花了，葡萄也开花了。

都说梨花像雪，其实苹果花才像雪。雪是厚重的，不是透明的。梨花像什么呢？——梨花的瓣子是月亮做的。

有人说葡萄不开花，哪能呢！只是葡萄花很小，颜色淡黄微绿，不钻进葡萄架是看不出的。而且它开花期很短。很快，就结出了绿豆大的葡萄粒。

六月，浇水、喷药、打条、掐须。

葡萄粒长了一点了，一颗一颗，像绿玻璃料做的纽子。硬的。

葡萄不招虫。葡萄会生病，所以要经常喷波尔多液。但是它不像桃，桃有桃食心虫；梨，梨有梨食心虫。葡萄不用疏虫果。——果园每年疏虫果是要费很多工的。虫果没有用，黑黑的一个半干的球，可是它耗养分呀！所以，要把它“疏”掉。

七月，葡萄“膨大”了。

掐须、打条、喷药，大大地浇一次水。

追一次肥。追硫铵。在原来施粪肥的沟里撒上硫铵，然后，就把沟填平了，把硫铵封在里面。

汉朝是不会追这次肥的，汉朝没有硫铵。

八月，葡萄“着色”。

你别以为我这里是把画家的术语借用来了。不是的。这是果农的语言，他们就叫“着色”。

下过大雨，你来看看葡萄园吧，那叫好看！白的像白玛瑙，红的像红宝石，紫的像紫水晶，黑的像黑玉。一串一串，饱满、瓷实、挺括，璀璨琳琅。你就把《说文解字》里的玉字偏旁的字都搬了来吧，那也不够用呀！

可是你得快来！明天，对不起，你全看不到了。我们要喷波尔多液了。一喷波尔多液，它们的晶莹鲜艳全都没有了，它们蒙上一层蓝纷纷、白糊糊的东西，成了磨砂玻璃。我们不得不这样干。葡萄是吃的，不是看的。我们得保护它。

过不两天，就下葡萄了。

一串一串剪下来，把病果、瘪果去掉，妥妥地放在果筐里。果筐满了，盖上盖，要一个棒小伙子跳上去蹦两下用麻筋缝的筐盖。——新下的果子，不怕压，它很结实，压不坏。倒怕是装不紧，咣里咣当的。那，来回一晃悠，全得烂！

葡萄装上车，走了。

去吧，葡萄，让人们吃去吧！

九月的果园像一个生过孩子的少妇，宁静、幸福，而慵懒。

我们还给葡萄喷一次波尔多液。哦，下了果子，就不管了？人，总不能这样无情无义吧。

十月，我们有别的农活。我们要去割稻子。葡萄，你愿意怎么长，就怎么长着吧。

十一月，葡萄下架。

把葡萄架拆下来。检查一下，还能再用的，搁在一边。糟朽了的，只好烧火。立柱、横梁、小棍，分别堆垛起来。

剪葡萄条。干脆得很，除了老条，一概剪光。葡萄又成了一个大秃子。

剪下的葡萄条，挑有三个芽眼的，剪成二尺多长的一截，捆起来，放在屋里，准备明春插条。

其余的，连枝带叶，都用竹笤帚扫成一堆，装走了。

葡萄园光秃秃。

十一月下旬，十二月上旬，葡萄入窖。

这是个重活。把老本放倒，挖土把它埋起来。要埋得很厚实。外面要用铁锹拍平。这个活不能马虎。都要经过验收，才给记工。

葡萄窖，一个一个长方形的土墩墩。一行一行，整整齐齐地排列着。风一吹，土色发了白。

这真是一年的冬景了。热热闹闹的果园，现在什么颜色都没有了。眼界空阔，一览无余，只剩下发白的黄土。

下雪了。我们踏着碎玻璃碴似的雪，检查葡萄窖，扛着铁锹。

一到冬天，要检查几次。不是怕别的，怕老鼠打了洞。葡萄窖里很暖和，老鼠爱往这里面钻。它倒是暖和了，咱们的葡萄可就受了冷啦！

夏　天

夏天的早晨真舒服。空气很凉爽，草上还挂着露水（蜘蛛网上也挂着露水），写大字一张，读古文一篇。夏天的早晨真舒服。

凡花大都是五瓣，栀子花却是六瓣。山歌云："栀子花开六瓣头。"栀子花粗粗大大，色白，近蒂处微绿，极香，香气简直有点叫人受不了，我的家乡人说是"碰鼻子香"。栀子花粗粗大大，又香得掸都掸不开，于是为文雅人不取，以为品格不高。栀子花说："去你妈的，我就是要这样香，香得痛痛快快，你们他妈的管得着吗！"

人们往往把栀子花和白兰花相比。苏州姑娘串街卖花，娇声叫卖："栀子花！白兰花！"白兰花花朵半开，娇娇嫩嫩，如象牙白色，香气文静，但有点甜俗，为上海长三堂子的"倌人"所喜，因为听说玉兰花要到夜间枕上才格外地香。我觉得红"倌人"的枕上之花，不如船娘髻边花更为刺激。

夏天的花里最为幽静的是珠兰。

牵牛花短命。早晨沾露才开，午时即已萎谢。

秋葵也命薄。瓣淡黄，白心，心外有紫晕。风吹薄瓣，楚楚可怜。

凤仙花有单瓣者，有重瓣者。重瓣者如小牡丹，凤仙花茎粗肥，湖南人用以腌“臭咸菜”，此吾乡所未有。

马齿苋、狗尾巴草、益母草，都长得非常旺盛。

淡竹叶开浅蓝色小花，如小蝴蝶，很好看。叶片微似竹叶而较柔软。

“万把钩”即苍耳。因为结的小果上有许多小钩，碰到它就会挂在衣服上，得小心摘去，所以孩子叫它“万把钩”。

我们那里有一种“巴根草”，贴地而去，是见缝扎根，一棵草蔓延开来，长了很多根，横的，竖的，一大片。而且非常顽强，拉扯不断。很小的孩子就会唱：

巴根草，
绿茵茵，
唱个唱，
把狗听。

最讨厌的是“臭芝麻”。掏蟋蟀、捉金铃子，常常沾了一裤腿。奇臭无比，很难除净。

西瓜以绳络悬之井中，下午剖食，一刀下去，咔嚓有声，凉气四溢，连眼睛都是凉的。

天下皆重“黑籽红瓤”，吾乡独以“三白”为贵：白皮、白瓤、白籽。“三白”以东墩产者最佳。

香瓜有：牛角酥，状似牛角，瓜皮淡绿色，刨去皮，则瓜肉浓绿，籽赤红，味浓而肉脆，北京亦有，谓之“羊角蜜”；虾蟆酥，不甚甜而脆，嚼之有黄瓜香；梨瓜，大如拳，白皮，白瓤，生脆有梨香；有一种较大，皮色如虾蟆，不甚甜，而极“面”，孩子们称之为“奶奶哼”，说奶奶一边吃，一边“哼”。

蝈蝈，我的家乡叫做“叫蛐子”。叫蛐子有两种。一种叫“侉叫蛐子”。那真是“侉”，跟一个叫驴子似的，叫起来“呱呱呱呱”很吵人。喂它一点辣椒，更吵得厉害。一种叫“秋叫蛐子”，全身碧绿如玻璃翠，小巧玲珑，鸣声亦柔细。

别出声，金铃子在小玻璃盒子里爬呢！它停下来，吃两口食，——鸭梨切成小骰子块。于是它叫了“丁铃铃铃”……

乘凉。

搬一张大竹床放在天井里，横七竖八一躺，浑身爽利，暑气全消。看月华。月华五色晶莹，变幻不定，非常好看。月亮周围有一个模模糊糊的大圆圈，谓之“风圈”，近几天会刮风。“乌猪子过江了”——黑云漫过天河，要下大雨。

一直到露水下来，竹床子的栏杆都湿了，才回去，这时已经很困了，才沾藤枕（我们那里夏天都枕藤枕或漆枕），已入梦乡。

鸡头米老了，新核桃下来了，夏天就快过去了。

淡淡秋光

秋葵·凤仙花·秋海棠

秋葵叶似鸡脚，又名鸡脚葵、鸡爪葵。花淡黄色，淡若无质，花瓣内侧近蒂处有檀色晕斑，花心浅白，柱头深紫。秋葵不是名花，然而风致楚楚。古人诗说秋葵似女道士，我觉得很像，虽然我从未见过一个女道士。

凤仙花有单瓣、复瓣。单瓣者多为水红色。复瓣者为深红、浅红、白色。复瓣者花似小牡丹，只是看不见花蕊。花谢，结小房如玉搔头。凤仙花极易活，子熟，花房裂破，子实落在泥土、砖缝里，第二年就会长出一棵一棵的凤仙花，不烦栽种。凤仙花可染指甲。凤仙花捣烂，少加矾，用花叶包于指尖，历一夜，第二天指甲就成了浅浅的红颜色。北京人即谓凤仙为“指甲花”。现在大概没有用凤仙花染指甲的了，除非偏远山区的女孩子。

我们那里的秋海棠只有一种，矮矮的草本，开浅红色四瓣的花，中缀黄色的花蕊如小绒球。像北京的银星海棠那样硬杆、大叶、繁花的品种是没有的。

我母亲生肺病后（那年我才三岁）移居在一小屋中，与家人隔离。她死后，这间小屋就成了堆放她生前所用家具什物的贮藏室。有时需要取用一件什么东西，我的继母就打开这间小屋，我也跟着进去看过。这间小屋外面有一小天井，靠墙有一个秋叶形的小花坛。花坛里开着一丛秋海棠。也没有人管它，它自开自落。我母亲没有给我留下什么记忆。我记得的只有两件事。一件是我父亲陪母亲乘船到淮安去就医，把我带在身边。船篷里挂了好些船家自腌的大头菜（盐腌的，白色，有点像南浔大头菜，不像云南的“黑芥”），我一直记着这大头菜的气味。另一件便是这丛秋海棠。我记住这丛秋海棠的时候，我母亲去世已经有两三年了。我并没有感伤情绪，不过看见这丛秋海棠，总会想到母亲去世前是住在这里的。

香橼·木瓜·佛手

我家的“花园”里实在没有多少花。花园里有一座“土山”。这“土山”不知是怎么形成的，是一座长长的隆起的土丘。“山”上只有一棵龙爪槐，旁枝横出，可以倚卧。我常常带了一块带筋的酱牛肉或一块榨菜，半躺在横枝上看小说，读唐诗。“山”的东麓有两棵碧桃，一红一白，春末开花极繁盛。“山”的正面却种了四棵香橼。我不知道我的祖父在开园堆山时为什么要栽了这样几棵树。这玩意就是“橘逾淮南则为枳”的枳（其实这是不对的，橘与枳自是两种）。这是很结实的树。木质坚硬，树皮紧细光滑。叶片经冬不凋，深绿色。树枝有硬刺。春天开白色的花。花后结圆球形的果，秋后成熟。香橼不能吃，瓤极酸涩，很香，不过香得不好闻。凡花果之属有香气者，总要带点甜味才好，香橼的香气里却带有苦味。香橼很肯结，树上累累的都是深绿色的果子。香橼算是我家的“特产”，可以摘了送人。但似乎不受欢迎。没有什么用处，只好听它自己碧绿地垂在枝头。到了冬天，皮色变黄了，放在盘子里，摆在水仙花旁边，也还有点意思，其时已近春节了。总之，香橼不是什么佳果。

香橼皮晒干，切片，就是中药里的枳壳。

花园里有一棵木瓜，不过不大结。我们所玩的木瓜都是从水果摊上买来的。所谓“玩”，就是放在衣口袋里，不时取出来，凑在鼻子跟前闻闻。——那得是较小的，没有人在口袋里揣一个茶叶罐大小的木瓜的。木瓜香味很好闻。屋子里放几个木瓜，一屋子随时都是香的，使人心情恬静。

我们那里木瓜是不吃的。这东西那么硬，怎么吃呢？华南切为小薄片，制为蜜饯。——厦门人是什么都可以做蜜饯的，加了很多味道奇怪的药料。昆明水果店将木瓜切为大片，泡在大玻璃缸里。有人要买，随时用筷子夹出两片。很嫩，很脆，很香。泡木瓜的水里不知加了什么，否则这木头一样的瓜怎么会变得如此脆嫩呢？中国人从前是吃木瓜的。《东京梦华录》载“木瓜水”，这大概是一种饮料。

佛手的香味也很好。不过我真不知道一个水果为什么要长得这么奇形怪状！佛手颜色嫩黄可爱。《红楼梦》贾母提到一个蜜蜡佛手，蜜蜡雕为佛手，颜色、质感都近似，设计这件摆设的工匠是个聪明人。蜜蜡不是很珍贵的玉料，但是能够雕成一个佛手那样大的蜜蜡却少见，贾府真是富贵人家。

佛手、木瓜皆可泡酒。佛手酒微有黄色，木瓜酒却是红色的。

橡　栗

橡栗即“狙公赋芧”的芧，不知道为什么我们小时候却叫它“茅栗子”。这是“形近而讹”么？不过我小时候根本不认得这个“芧”字。橡即栎。我们也不认得

“栎”字，只是叫它“茅栗子树”。我们那里茅栗子树极少，只有西门外小校场的西边有一棵，很大。到了秋天，茅栗子熟了，落在地下，我们就去捡茅栗子玩。茅栗有什么好玩的？形状挺有趣，有一点像一个小坛子，不过底是尖的。皮色浅黄，很光滑。如此而已。我们有时在它的像个小盖子似的蒂部扎一个小窟窿，插进半截火柴棍，成了一个“捻捻转”。用手一捻，它就在桌面上旋转，像一个小陀螺。如此而已。

小校场是很偏僻的地方，附近没有什么人家。有一回，我和几个女同学去捡茅栗子，天黑下来了，我们忽然有些害怕，就赶紧往城里走。路过一家孤零零的人家门外，门前站着一个岁数不大的人，说：“你们要茅栗子么？我家里有！”我们立刻感到：这是个坏人。我们没有搭理他，只是加快了脚步，拼命地走。我是同学里的唯一的男子汉，便像一个勇士似的走在最后。到了城门口，发现这个坏人没有跟上来，才松了一口气。当时的紧张心情，我过了很多年还记得。

梧　桐

一叶落而知天下秋，梧桐是秋的信使。梧桐叶大，易受风。叶柄甚长，叶柄与树枝连接不很结实，好像是粘上去的。风一吹，树叶极易脱落。立秋那天，梧桐树本来好好的，碧绿碧绿，忽然一阵小风，欻的一声，飘下一片叶子，无事的诗人吃了一惊：啊！秋天了！其实只是桐叶易落，并不是对于时序有特别敏感的“物性”。梧桐落叶早，但不是很快就落尽。《唐明皇秋夜梧桐雨》证明秋后梧桐还是有叶子的，否则雨落在光秃秃的枝干上，不会发出使多情的皇帝伤感的声音。据我的印象，梧桐大批地落叶，已是深秋，树叶已干，梧桐籽已熟。往往是一夜大风，第二天起来一看，满地桐叶，树上一片也不剩了。

梧桐籽炒食极香，极酥脆，只是太小了。

我的小学校园中有几棵大梧桐，大风之后，我们就争着捡梧桐叶。我们要的不是叶片，而是叶柄。梧桐叶柄末端稍稍鼓起，如一小马蹄。这个小马蹄纤维很粗，可以磨墨。所谓“磨墨”，其实是在砚台上注了水，用粗纤维的叶柄来回磨蹭，把砚台上干硬的宿墨磨化了，可以写字了而已。不过我们都很喜欢用梧桐叶柄来磨墨，好像这样磨出的墨写出字来特别的好。一到梧桐落叶那几天，我们的书包里都有许多梧桐叶柄，好像这是什么宝贝。对于这样毫不值钱的东西的珍视，是可以不当一回事的么？不啊！这里凝聚着我们对于时序的感情。这是“俺们的秋天”。

冬　天

天冷了，堂屋里上了槅子。槅子，是春暖时卸下来的，一直在厢屋里放着。现在，搬出来，刷洗干净了，换了新的粉连纸，雪白的纸。上了槅子，显得严紧，安适，好像生活中多了一层保护。家人闲坐，灯火可亲。

床上拆了帐子，铺了稻草。洗帐子要捡一个晴朗的好天，当天就晒干。夏布的帐子，晾在院子里，夏天离得远了。稻草装在一个布套里，粗布的，和床一般大。铺了稻草，暄腾腾的，暖和，而且有稻草的香味，使人有幸福感。

不过也还是冷的。南方的冬天比北方难受，屋里不生火。晚上脱了棉衣，钻进冰凉的被窝里；早起，穿上冰凉的棉袄棉裤，真冷。

放了寒假，就可以睡懒觉。棉衣在铜炉子上烘过了，起来就不是很困难了。尤其是，棉鞋烘得热热的，穿进去真是舒服。

我们那里生烧煤的铁火炉的人家很少。一般取暖，只是铜炉子，脚炉和手炉。脚炉是黄铜的，有多眼的盖。里面烧的是粗糠。粗糠装满，铲上几铲没有烧透的芦柴火（我们那里烧芦苇，叫做“芦柴”）的红灰盖在上面。粗糠引着了，冒一阵烟，不一会，烟尽了，就可以盖上炉盖。粗糠慢慢延烧，可以经很久。老太太们离不开它。闲来无事，抹抹纸牌，每个老太太脚下都有一个脚炉。脚炉里粗糠太实了，空气不够，火力渐微，就要用“拨火板”沿炉边挖两下，把粗糠拨松，火就旺了。脚炉暖人，脚不冷则周身不冷。焦糠的气味也很好闻。仿日本俳句，可以作一首诗：“冬天，脚炉焦糠的香。”手炉较脚炉小，大都是白铜的，讲究的是银制的。炉盖不是一个一个圆窟窿，大都是镂空的松竹梅花图案。手炉有极小的，中置炭墼（煤炭研为细末，略加蜜，筑成饼状），以纸煤头引着。一个炭墼能经一天。

冬天吃的菜，有乌青菜、冻豆腐、咸菜汤。乌青菜塌棵，平贴地面，江南谓之“塌苦菜”，此菜味微苦。我的祖母在后园辟小片地，种乌青菜，经霜，菜叶边缘作紫红色，味道苦中泛甜。乌青菜与“蟹油”同煮，滋味难比。“蟹油”是以大螃蟹煮熟剔肉，加猪油“炼”成的，放在大海碗里，凝成蟹冻，久贮不坏，可吃一冬。豆腐冻后，不知道为什么是蜂窝状。化开，切小块，与鲜肉、咸肉、牛肉、海米或咸菜同煮，无不佳。冻豆腐宜放辣椒、青蒜。我们那里过去没有北方的大白菜，只有“青菜”。大白菜是从山东运来的，美其名曰“黄芽菜”，很贵。“青菜”似油菜而大，高二尺，是一年四季都有的，家家都吃的菜。咸菜即是用青菜腌的。阴天下雪，喝咸菜汤。

冬天的游戏：踢毽子，抓子儿，下“逍遥”。“逍遥”是在一张正方的白纸上，木版印出螺旋的双道，两道之间印出八仙、马、兔子、鲤鱼、虾……；每样都是两个，错落排列，不依次序。玩的时候各执铜钱或象棋子为子儿，掷骰子，如果骰子是五点，自“起马”处数起，向前走五步，是兔子，则可向内圈寻找另一个兔子，以子儿押在上面。下一轮开始，自里圈兔子处数起，如是六点，进六步，也许是铁拐李，就寻另一个铁拐李，把子儿押在那个铁拐李上。如果数至里圈的什么图上，则到外圈去找，退回来。点数够了，子儿能进终点（终点是一座宫殿式的房子，不知是月宫还是龙门），就算赢了。次后进入的为“二家”、“三家”。“逍遥”两个人玩也可以，三个四个人玩也可以。不知道为什么叫做“逍遥”。

早起一睁眼，窗户纸上亮晃晃的，下雪了！雪天，到后园去折腊梅花、天竺果。明黄色的腊梅、鲜红的天竺果，白雪，生意盎然。腊梅开得很长，天竺果尤为耐久，插在胆瓶里，可经半个月。

舂粉子。有一家邻居，有一架碓。这架碓平常不大有人用，只在冬天由附近的一二十家轮流借用。碓屋很小，除了一架碓，只有一些筛子、箩。踩碓很好玩，用脚一踏，吱扭一声，碓嘴扬了起来，嘭的一声，落在碓窝里。粉子舂好了，可以蒸糕，做“年烧饼”（糯米粉为蒂，包豆沙白糖，作为饼，在锅里烙熟），搓圆子（即汤团）。舂粉子，就快过年了。

岁朝清供

“岁朝清供”是中国画家爱画的画题，明清以后画这个题目的尤其多，任伯年就画过不少幅。画里画的、实际生活里供的，无非是这几样：天竹果、腊梅花、水仙。有时为了填补空白，画里加两个香橼。“橼”谐音圆，取其吉利。水仙、腊梅、天竹，是取其颜色鲜丽。隆冬风厉，百卉凋残，晴窗坐对，眼目增明，是岁朝乐事。

我家旧园有腊梅四株，主干粗如汤碗，近春节时，繁花满树。这几棵腊梅磬口檀心，本来是名贵的，但是我们那里重白心而轻檀心，称白心者为“冰心”，而给檀心的起一个不好听的名字：“狗心”。我觉得狗心腊梅也很好看。初一一早，我就爬上树去，选择一大枝——要枝子好看，花蕾多的，拗折下来——腊梅枝脆，极易折，插在大胆瓶里。这枝腊梅高可三尺，很壮观。天竹我们家也有一棵，在园西墙角。不知道为什么总是长不大，细弱伶仃，结果也少。我不忍心多折，只是剪两三穗，插进胆瓶，为腊梅增色而已。

我走过很多地方，像我们家那样粗壮的腊梅还没有见过。

在安徽黟县参观古民居，几乎家家都有两三丛天竹。有一家有一棵天竹，结了那么多果子，简直是岂有此理！而且颜色是正红，——一般天竹果都偏一点紫。我驻足看了半天，已经走出门了，又回去看了一会。大概黟县土壤气候特宜天竹。

在杭州茶叶博物馆，看见一个山坡上种了一大片天竹。我去时不是结果的时候，不能断定果子是什么颜色的，但看梗干枝叶都作深紫色，料想果子也是偏紫的。

任伯年画天竹，果极繁密。齐白石画天竹，果较疏，粒大，而色近朱红，叶亦不作羽状。或云此别是一种，湖南人谓之草天竹，未知是否。

养水仙得会“刻”，否则叶子长得很高，花弱而小，甚至花未放蕾即枯瘪。但是画水仙都还是画完整的球茎，极少画刻过的，即福建画家郑乃珧也不画刻过的水仙。刻过的水仙花美，而形态不入画。

北京人家春节供腊梅、天竹者少，因不易得。富贵人家常在大厅里摆两盆梅花（北京谓之“干枝梅”，很不好听），在泥盆外加开光丰彩或景泰蓝套盆，很俗气。

穷家过年，也要有一点颜色。很多人家养一盆青蒜，这也算代替水仙了吧。或用大萝卜一个，削去尾，挖去肉，空壳内种蒜，铁丝为箍，以线挂在朝阳的窗下，蒜叶碧绿，萝卜皮通红，萝卜缨翻卷上来，也颇悦目。

广州春节有花市，四时鲜花皆有。曾见刘旦宅画“广州春节花市所见”，画的是一个少妇的背影，背兜里背着一个娃娃，右手抱一大束各种颜色的花，左手拈花一朵，微微回头逗弄娃娃，少妇著白上衣，银灰色长裤，身材很苗条。穿浅黄色拖鞋。轻轻两笔，勾出小巧的脚跟。很美。这幅画最动人之处，正在脚跟两笔。

这样鲜艳的繁花，很难说是“清供”了。

曾见一幅旧画：一间茅屋，一个老者手捧一个瓦罐，内插梅花一枝，正要放到案上，题目：“山家除夕无他事，插了梅花便过年”，这才真是“岁朝清供”！

下大雨

雨真大。下得屋顶上起了烟。大雨点落在天井的积水里砸出一个一个丁字泡。我用两手捂着耳朵，又放开，听雨声：呜——哇；呜——哇。下大雨，我常这样听雨玩。

雨打得荷花缸里的荷叶东倒西歪。

在紫薇花上采蜜的大黑蜂钻进了它的家。它的家是在椽子上用嘴咬出来的圆洞，很深。大黑蜂是一个“人”过的。

紫薇花湿透了，然而并不被雨打得七零八落。

麻雀躲在檐下，歪着小脑袋。

蜻蜓倒吊在树叶的背面。

哈，你还在呀！一只乌龟。这只乌龟是我养的。我在龟甲边上钻了一个洞，用麻绳系住了它，拴在柜橱脚上。有一天，不见了，它不知怎么跑出去了。原来它藏在老墙下面一块断砖的洞里。下大雨，它出来了。它昂起脑袋看雨，慢慢地爬到天井的水里。

花

荷　花

我们家每年要种两缸荷花，种荷花的藕不是吃的藕，要瘦得多，节间也长，颜色黄褐，叫做“藕秧子”。在缸底铺一层马粪，厚约半尺，把藕秧子盘在马粪上，倒进多半缸河泥，晒几天，到河泥坼裂，有缝，倒两担水，将平缸沿。过个把星期，就有小荷叶嘴冒出来。过几天荷叶长大了，冒出花骨朵了。荷花开了，露出嫩黄的小莲蓬，很多很多花蕊，清香清香的。荷花好像说：“我开了。”

荷花到晚上要收朵，轻轻地合成一个大骨朵。第二天一早，又放开，荷花收了朵，就该吃晚饭了。

下雨了，雨打在荷叶上啪啪地响。雨停了，荷叶面上的雨水水银似的摇晃。一阵大风，荷叶倾侧，雨水流泻下来。

荷叶的叶面为什么不沾水呢？

荷叶粥和荷叶粉蒸肉都很好吃。

荷叶枯了。

下大雪，荷花缸里落满了雪。

报春花·勿忘我

昆明报春花到处都有。圆圆的小叶子，柔软的细梗子，淡淡的紫红色的成簇的小花。田埂的两侧开得满满的，谁也不把它当做“花”。连根挖起来，种在浅盆里，能活。这就是翻译小说里常常提到的樱草。

偶然在北京的花店里看到十多盆报春花，种在青花盆里，标价相当贵，不禁失笑。昆明人如果看到，会说：这也卖？

Forget-me-not——勿忘我，名字很有诗意，花实在并不好看。草本，矮棵，几乎是贴地而生的。抽条颇多，一丛一丛的。灰绿色的布做的似的皱皱的叶子。花甚小，附茎而开，颜色正蓝。蓝得很正，就像国画颜色中的“三蓝”，花里头像这样纯正的蓝色的还很少见——一般蓝色的花都带点紫。

为什么西方人把这种花叫做 forget-me-not 呢？是不是思念是蓝色的。

昆明人不管它什么勿忘我，什么 forget-me-not，叫它

“狗屎花”！

这叫西方的诗人知道，将谓大煞风景。

绣　球

绣球，周天民编绘的《花卉画谱》上说：

> 绣球　虎儿草科，落叶灌木，高达一、二丈，干皮带皱。叶大椭圆形，边缘有锯齿。春月开花，百朵成簇，如球状而肥大。小花五出深裂，瓣端圆，有短柄，其色有淡紫、红、白。百株成族，俨如玉屏。

我始终没有分清绣球花的小花到底是几瓣，只觉得是分不清瓣的一个大花球。我偶尔画绣球，也是以意为之地画了很多簇在一起的花瓣，哪一瓣属于哪一朵小花，不管它！

绣球花是很好养的，不需要施肥，也不要浇水，不用修枝，也不长虫，到时候就开出一球一球很大的花，白得像雪，非常灿烂。这花是不耐细看的，只是赫然地在你眼前轻轻摇晃。

我以前看过的绣球都是白的。

我有个堂房的小姑妈——她比我才大一岁。绣球花开的时候，她就折了几大球，插在一个白瓷瓶里，她在花下面写小字。

她是订过婚的。

听说她婚后的生活很不幸，我那位姑父竟至动手打她。

前年听说，她还在，胖得不得了。

绣球花在云南叫做“粉团花”，民歌里有用粉团花来形容女郎长得好看的。用粉团花来形容女孩子，别处的民歌里似还没有见过。

我看过的最好的绣球是在泰山。泰山人养绣球是一种风气。一个茶馆里的院子里的石凳上放着十来盆绣球，开得极好。盆面一层厚厚的喝剩的茶叶。是不是绣球宜浇残茶？泰山盆栽的绣球花头较小，花瓣较厚，瓣作豆绿色。这样的绣球是可以细看的。

杜鹃花

淡淡的三月天，
杜鹃花开在山坡上，
杜鹃花开在小溪旁，
多美丽哦，

乡村家的小姑娘，

乡村家的小姑娘。

这是抗日战争期间昆明的小学生很爱唱的一首歌。董林肯词，徐守廉曲。这是一首曲调明快的抒情歌，很好听。不单小学生爱唱，中学生也爱唱，大学生也有爱唱的，因为一听就记住了。

董林肯和徐守廉是同济大学的学生，原来都是育才中学毕业的。育才中学是全面培养学生才能的，而且是实行天才教育的学校。学生多半有艺术修养。董林肯、徐守廉都是学工的（同济大学是工科大学），但都对艺术有很虔诚的兴趣，因此能写词谱曲。

我是怎么认识他们俩的呢？因为董林肯主办了班台莱夫的《表》的演出，约我去给演员化装，我到同济大学的宿舍里去见他们，认识了。那时在昆明，只要有艺术上的共同爱好，有人一介绍，就会熟起来的。

董林肯为什么要主持《表》的演出？我想是由于在昆明当时没有给孩子看的戏。他组织这次演出是很辛苦的，而且演戏总有些叫人头疼的事，但是还是坚持了下来。他不图什么，只是因为有一颗班台莱夫一样的爱孩子的心。

我记得这个戏的导演是劳元干。演员里我记得演监狱看守的，是刺杀孙传芳的施剑翘的弟弟，他叫施什么我已经忘记了。他是个身材魁梧的胖子。我管化装，主要是给他贴一个大仁丹胡子。有当时有中国秀兰·邓波儿之称的小明星，长大后曾参与搜集整理《阿诗玛》，现在写小说、散文的女作家刘绮。有一次，不知为什么，剧团内部闹了意见，戏几乎开不了场，刘绮在后台大哭。刘绮一哭，事情就解决了。

刘绮，有这回事么？

前几年我重到昆明，见到刘绮。她还能看出一点小时候的模样。不过，听说已经当了奶奶了。

不知道为什么，我有时还会想起董林肯和徐守廉。我觉得这是两个对艺术的态度极其纯真，像我前面所说的，虔诚的人。他们身上没有一点明星气、流氓气。这是两个通身都是书卷气的搞艺术的人。

淡淡的三月天，
杜鹃花开在山坡上，
杜鹃花开在小溪旁……

木香花

我的舅舅家有一架木香花。木香花开，我们就揪下几撮，——木香柄长，似海棠，梗蒂着枝，一揪，可揪下一撮，养在浅口瓶里，可经数日。

木香亦称“锦栅儿”，枝条甚长。从运河的御码头上船，到快近车逻，有一段，两岸全是木香，枝条伸向河上，搭成了一个长约一里的花棚。小轮船从花棚下开过，如同仙境。

前几年我回故乡一次，说起这一段运河两岸的木香花棚，谁也不知道。我有点怀疑：我是不是做梦？

昆明木香花极多。观音寺南面，有一道水渠，渠的两沿，密密地长了木香。

我和朱德熙曾于大雨少歇之际，到莲花池闲步。雨又下起来了，我们赶快到一个小酒馆避雨。要了两杯市酒（昆明的绿陶高杯，可容三两），一碟猪头肉，坐了很久。连日下雨，墙脚积苔甚厚。檐下的几只鸡都缩着一脚站着，天井里有很大的一棚木香花，把整个天井都盖满了。木香的花、叶、花骨朵，都被雨水湿透，都极肥壮。

四十年后，我写了一首诗，用一张毛边纸写成一个斗方，寄给德熙：

莲花池外少行人，
野店苔痕一寸深。

浊酒一杯天过午，
木香花湿雨沉沉。

德熙很喜欢这幅字，叫他的儿子托了托，配一个框子，挂在他的书房里。

德熙在美国病逝快半年了，这幅字还挂在他在北京的书房里。

夏天的昆虫

蝈 蝈

蝈蝈我们那里叫做“叫蚰子”。因为它长得粗壮结实，样子也不大好看，还特别在前面加一个“侉”字，叫做“侉叫蚰子”。这东西就是会呱呱的叫。有时嫌它叫得太吵人了，在它的笼子上拍一下，它就大叫一声：“呱！——”停止了。它什么都吃。据说吃了辣椒更爱叫，我就挑顶辣的辣椒喂它。早晨，掐了南瓜花（谎花）喂它，只是取其好看而已。这东西是咬人的。有时捏住笼子，它会从竹篾的洞里咬你的指头肚子一口！

另有一种秋叫蚰子，较晚出，体小，通身碧绿如玻璃料，叫声清脆。秋叫蚰子养在牛角做的圆盒中，顶面有一块玻璃。我能自己做这种牛角盒子，要紧的是弄出一块大小合适的圆玻璃。把玻璃放在水盆里，用剪子剪，则不碎裂。秋叫蚰子价钱比侉叫蚰子贵得多。养好了，可以越冬。

叫蚰子是可以吃的。得是三尾的，腹大多子。扔在枯树枝火中，一会就熟了。味极似虾。

蝉

蝉大别有三类。一种是“海溜”，最大，色黑，叫声洪亮。这是蝉里的楚霸王，生命力很强。我曾捉了一只，养在一个断了发条的旧座钟里，活了好多天。一种是“嘟溜”，体较小，绿色而有点银光，样子最好看，叫声也好听：“嘟溜——嘟溜——嘟溜”。一种叫“叽溜”，最小，暗赭色，也是因其叫声而得名。

蝉喜欢栖息在柳树上。古人常画“高柳鸣蝉”，是有道理的。

北京的孩子捉蝉用粘竿，——竹竿头上涂了粘胶。我们小时候则用蜘蛛网。选一根结实的长芦苇，一头撅成三角形，用线缚住，看见有大蜘蛛网就一绞，三角里络满了蜘蛛网，很粘。瞅准了一只蝉，轻轻一捂，蝉的翅膀就被粘住了。

佝偻丈人承蜩，不知道用的是什么工具。

蜻　蜓

家乡的蜻蜓有三种。

一种极大，头胸浓绿色，腹部有黑色的环纹，尾部两侧有革质的小圆片，叫做“绿豆钢”。这家伙厉害得很，飞时巨大的翅膀磨得嚓嚓地响。或捉之置室内，它会对着窗玻璃猛撞。

一种即常见的蜻蜓，有灰蓝色和绿色的。蜻蜓的眼睛很尖，但到黄昏后眼力就有点不济。它们栖息着不动，从后面轻轻伸手，一捏就能捏住。玩蜻蜓有一种恶作剧的玩法：掐一根狗尾巴草，把草茎插进蜻蜓的屁股，一撒手，蜻蜓就带着狗尾草的穗子飞了。

一种是红蜻蜓。不知道什么道理，说这是灶王爷的马。

另有一种纯黑的蜻蜓。身上，翅膀都是深黑色，我们叫它鬼蜻蜓，因为它有点鬼气。也叫“寡妇”。

刀　螂

刀螂即螳螂。螳螂是很好看的。螳螂的头可以四面转动。螳螂翅膀嫩绿，颜色和脉纹都很美。昆虫翅膀好看的，为螳螂，为纺织娘。

或问：你写这些昆虫什么意思？答曰：我只是希望现在的孩子也能玩玩这些昆虫，对自然发生兴趣。现在的孩子大都只在电子玩具包围中长大，未必是好事。

昆虫备忘录

复 眼

我从小学三年级“自然”教科书上知道蜻蜓是复眼，就一直捉摸复眼是怎么回事。“复眼”，想必是好多小眼睛合成一个大眼睛。那它怎么看呢？是每个小眼睛都看到一个小形象，合成一个大形象？还是每个小眼睛看到形象的一部分，合成一个完整形象？捉摸不出来。

凡是复眼的昆虫，视觉都很灵敏。麻苍蝇也是复眼，你走近蜻蜓和麻苍蝇，还有一段距离，它就发现了，噌——飞了。

我曾经想过：如果人长了一对复眼？

还是不要！那成什么样子！

蚂 蚱

河北人把尖头绿蚂蚱叫“挂大扁儿”。西河大鼓里唱道："挂大扁儿甩子在那荞麦叶儿上"，这句唱词有很浓的季节感。为什么叫"挂大扁儿"呢？我怪喜欢"挂大扁儿"这个名字。

我们那里只是简单地叫它蚂蚱。一说蚂蚱，就知道是指尖头绿蚂蚱。蚂蚱头尖，徐文长曾觉得它的头可以蘸了墨写字画画，可谓异想天开。

尖头蚂蚱是国画家很喜欢画的，画草虫的很少没有画过蚂蚱。齐白石、王雪涛都画过。我小时也画过不少张，只为它的形态很好掌握，很好画，——画纺织娘，画蝈蝈，就比较费事。我大了以后，就没有画过蚂蚱。前年给一个年轻的牙科医生画了一套册页，有一开里画了一只蚂蚱。

蚂蚱飞起来会格格作响，不知道它是怎么弄出这种声音的。蚂蚱有鞘翅，鞘翅里有膜翅。膜翅是淡淡的桃红色的，很好看。

我们那里还有一种"土蚂蚱"，身体粗短，方头，色黑如泥土，翅上有黑斑。这种蚂蚱，捉住它，它就吐出一泡褐色的口水，很讨厌。

天津人所说的"蚂蚱"，实是蝗虫。天津的"烙饼卷蚂蚱"，卷的是焙干了的蝗虫肚子，河北省人嘲笑农民谈吐不文雅，说是"蚂蚱打喷嚏——满嘴的庄稼气"，说的也是蝗虫。蚂蚱还会打喷嚏？这真是"遭改"庄稼人！

小蝗虫名蝻。有一年，我的家乡闹蝗虫，在这以前，大街上一街蝗蝻乱蹦，看着真是不祥。

花大姐

瓢虫款款地落下来了，折好它的黑绸衬裙——膜翅，顺顺溜溜：收拢硬翅，严丝合缝。瓢虫是做得最精致的昆虫。

“做”的？谁做的？

上帝。

上帝？

上帝做了一些小玩意儿，给他的小外孙女儿玩。

上帝的外孙女儿？

对。上帝说：“给你！好看吗？”

“好看！”

上帝的外孙女儿？

对！

瓢虫是昆虫里面最漂亮的。

北京人叫瓢虫为“花大姐”，好名字！

瓢虫，朱红的，瓷漆似的硬翅，上有黑色的小圆点。圆点是有定数的，不能瞎点。黑色，叫做“星”。有七星瓢虫、十四星瓢虫……星点不同，瓢虫就分为两大类。一类是吃蚜虫的，是益虫；一类是吃马铃薯的嫩叶的，是害虫。我说吃马铃薯嫩叶的瓢虫，你们就不能改改口味，也吃蚜虫吗？

独角牛

吃晚饭的时候，呜——扑！飞来一只独角牛，摔在灯下。它摔得很重，摔晕了。轻轻一捏，就捏住了。

独角牛是硬甲壳虫，在甲虫里可能是最大的，从头到脚，约有二寸。甲壳铁黑色，很硬，头部尖端有一只犀牛一样的角。这家伙，是昆虫里的霸王。

独角牛的力气很大。北京隆福寺过去有独角牛卖。给它套上一辆泥制的小车，它就拉着走。北京管这个大力士好像也叫做独角牛。学名叫什么，不知道。

磕头虫

我抓到一只磕头虫，北京也有磕头虫？我觉得很惊奇。我拿给我的孩子看，以为他们不认识。

“磕头虫，我们小时候玩过。”

哦！

磕头虫的脖子不知道怎么有那么大的劲，把它的肩背按在桌面上，它就吧嗒吧嗒地不停地磕头。把它仰面朝天放着，它运一会气，脖子一挺，就反弹得老高，空中转体，正面落地。

蝇虎

蝇虎，我们那里叫做苍蝇虎子，形状略似蜘蛛而长，短脚，灰黑色，有细毛，趴在砖墙上，不注意是看不出来的。蝇虎的动作很快，苍蝇落在它面前，还没有站稳，已经被它捕获，来不及嘤地叫一声，就进了苍蝇虎子的口了。蝇虎的食量惊人，一只苍蝇，眨眼之间就被吃得只剩一张空皮了。

苍蝇是很讨厌的东西，因此人对蝇虎有好感，不伤害它。

捉一只大金苍蝇喂苍蝇虎子，看着它吃下去，是很解气的。苍蝇虎子对送到它面前的苍蝇从来不拒绝。苍蝇虎子不怕人。

狗蝇

世界上最讨厌的东西是狗蝇。狗蝇钻在狗毛里叮狗，叮得狗又疼又痒，烦躁不堪，发疯似的乱蹦，乱转，乱骂人，——叫。

猫

我不喜欢猫。

我的祖父有一只大黑猫。这只猫很老了，老得懒得动，整天在屋里趴着。

从这只老猫我知道猫的一些习性：

猫念经。猫不知道为什么整天“念经”，整天呜噜呜噜不停。这呜噜呜噜的声音不知是从哪里发出来的，怎么发出来的。不是从喉咙里，像是从肚子里发出的。呜噜呜噜……真是奇怪。别的动物没有这样不停地念经的。

猫洗脸。我小时洗脸很马虎，我的继母说我是猫洗脸。猫为什么要“洗脸”呢？

猫盖屎。北京人把做了见不得人的事想遮掩而又遮不住，叫“猫盖屎”。猫怎么知道拉了屎要盖起来的。谁教给它的？——母猫，猫的妈？

我的大伯父养了十几只猫。比较名贵的是玳瑁猫——有白、黄、黑色的斑块。如是狮子猫，即更名贵。

其他的猫也都有品，如“铁棒打三桃”，——白猫黑尾，身有三块桃形的黑斑；“雪里拖枪”；黑猫、白猫、黄猫、狸猫……。

我觉得不论叫什么名堂的猫，都不好看。

只有一次，在昆明，我看见过一只非常好看的小猫。

这家姓陈，是广东人。我有个同乡，姓朱，在轮船上结识了她们，母亲和女儿，攀谈起来。我这同乡爱和漂亮女人来往。她的女儿上小学了。女儿很喜欢我，爱跟我玩。母亲有一次在金碧路遇见我们，邀我们上她家喝咖啡。我们去了。这位母亲已经过了三十岁了，人很漂亮，身材高高的，腿很长。她看人眼睛眯眯的，有一种恍恍惚惚的成熟的美。她斜靠在长沙发的靠枕上，神态有点慵懒。在她脚边不远的地方，有一个绣墩，绣墩上一个墨绿色软缎圆垫上卧着一只小白猫。这猫真小，连头带尾只有五六寸，雪白的，白得像一团新雪。这猫也是懒懒的，不时睁开蓝眼睛顾盼一下，就又闭上了。屋里有一盆很大的素心兰，开得正好。好看的女人、小白猫、兰花的香味，这一切是一个梦境。

猫的最大的劣迹是交配时大张旗鼓地嚎叫。有的地方叫做“猫叫春”，北京谓之“闹猫”。不知道是由于快感或痛感，郎猫女猫（这是北京人的说法，一般地方都叫公猫、母猫）一递一声，叫起来没完，其声凄厉，实在讨厌。鲁迅“仇猫”，良有以也。有一老和尚为其叫声所扰，以致不能入定，乃作诗一首。诗曰：

春叫猫儿猫叫春，
看他越叫越来神。
老僧亦有猫儿意，
不敢人前叫一声。

草木虫鱼鸟兽

雁

“爬山调”：“大雁南飞头朝西……”

诗人韩燕如告诉我，他曾经用心观察过，确实是这样。他惊叹草原人民对生活的观察的准确而细致。他说：“生活！生活！……”

为什么大雁南飞要头朝着西呢？草原上的人说这是依恋故土。“爬山调”是用这样的意思作比喻和起兴的。

“大雁南飞头朝西……”

河北民歌：“八月十五雁门开，孤雁头上带霜来……”“孤雁头上带霜来”，这写得多美呀！

琥　珀

我在祖母的首饰盒子里找到一个琥珀扇坠。一滴琥珀里有一只小黄蜂。琥珀是透明的，从外面可以清清楚楚地看到黄蜂。触须、翅膀、腿脚，清清楚楚，形态如生，好像它还活着。祖母说，黄蜂正在飞动，一滴松脂滴下来，恰巧把它裹住。松脂埋在地下好多年，就成了琥珀。祖母告诉我，这样的琥珀并非罕见，值不了多少钱。

后来我在一个宾馆的小卖部看到好些人造琥珀的首饰。各种形状的都有，都琢治得很规整，里面也都压着一个昆虫。有一个项链上的淡黄色的琥珀片里竟压着一只蜻蜓。这些昆虫都很完整，不缺腿脚，不缺翅膀，但都是僵直的，缺少生气。显然这些昆虫是被弄死了以后，精心地，端端正正地压在里面的。

我不喜欢这种里面压着昆虫的人造琥珀。

我的祖母的那个琥珀扇坠之所以美，是因为它是偶然形成的。

美，多少要包含一点偶然。

瓢　虫

瓢虫有好几种，外形上的区别在鞘翅上有多少黑点。这种黑点，昆虫学家谓之“星”。有七星瓢虫。十四星瓢虫。二十星瓢虫……有的瓢虫是益虫，它吃蚜虫，是蚜虫的天敌；有的瓢虫是害虫，吃马铃薯的嫩芽。

瓢虫的样子是差不多的。

中国画里很早就有画瓢虫的了。通红的一个圆点，在绿叶上，很显眼，使画面增加了生趣。

齐白石爱画瓢虫。他用藤黄涂成一个葫芦，上面栖息了一只瓢虫，对比非常鲜明。王雪涛、许麟庐都画过瓢虫。

谁也没有数过画里的瓢虫身上有几个黑点，指出这只瓢虫是害虫还是益虫。

科学和艺术有时是两回事。

瓢虫像一粒用朱漆制成的小玩意。

北京的孩子（包括大人）叫瓢虫为“花大姐”，这个名字很美。

螃　蟹

螃蟹的样子很怪。

《梦溪笔谈》载：关中人不识螃蟹。有人收得一只干蟹，人家病疟，就借去挂在门上。——中国过去相信生疟疾是由于疟鬼作祟。门上挂了一只螃蟹，疟鬼不知道这是什么玩意，就不敢进门了。沈括说：不但人不识，鬼亦不识也。“不但人不识，鬼亦不识也”，这说得很幽默！

在拉萨八角街一家卖藏药的铺子里看到一只小螃蟹，蟹身只有拇指大，金红色的，已经干透了，放在一只盘子里。大概西藏人也相信这只奇形怪状的虫子有某种魔力，是能治病的。

螃蟹为什么要横着走呢？

螃蟹的样子很凶恶，很奇怪，也很滑稽。

凶恶和滑稽往往近似。

豆　芽

朱小山去点豆子。地埂上都点了，还剩一把，他懒得带回去，就搬起一块石头，把剩下的豆子都塞到石头下面。过了些日子，朱小山发现：石头离开地面了。豆子发了芽，豆芽把石头顶起来了。朱小山非常惊奇。

朱小山为这件事惊奇了好多年。他跟好些人讲起过这件事。

有人问朱小山："你老说这件事是什么意思？是要说明一种什么哲学吗？"

朱小山说："不，我只是想说说我的惊奇。"

过了好些年，朱小山成了一个知名的学者，他回他的家乡去看看。他想找到那块石头。

他没有找到。

宋朝人的吃喝

唐宋人似乎不怎么讲究大吃大喝。杜甫的《丽人行》里列叙了一些珍馐，但多系夸张想象之辞。五代顾闳中所绘《韩熙载夜宴图》，主人客人面前案上所列的食物不过八品，四个高足的浅碗，四个小碟子。有一碗是白色的圆球形的东西，有点像外面滚了米粒的蓑衣丸子。有一碗颜色是鲜红的，很惹眼，用放大镜细看，不过是几个带蒂的柿子！其余的看不清是什么。苏东坡是个有名的馋人，但他爱吃的好像只是猪肉。他称赞“黄州好猪肉”，但还是“富者不解吃，贫者不解煮”。他爱吃猪头，也不过是煮得稀烂，最后浇一勺杏酪——杏酪想必是酸里咕叽的，可以解腻。有人“急出新意”以山羊肉为玉糁羹，他觉得好吃得不得了。这是一种什么东西？大概只是山羊肉加碎米煮成的糊糊罢了。当然，想象起来也不难吃。

宋朝人的吃喝好像比较简单而清淡，连有皇帝参加的御宴也并不丰盛。御宴有定制，每一盏酒都要有歌舞杂技，似乎这是主要的，吃喝在其次。幽兰居士《东京梦华录》载《宰执亲王宗室百官入内上寿》，使臣诸卿只是“每分列环饼、油饼、枣塔为看盘，次列果子。惟大辽加之猪羊鸡鹅兔连骨熟肉为看盘，皆以小绳束之。又生葱韭蒜醋各一碟。三五人共列浆水一桶，立杓数枚”。“看盘”只是摆样子的，不能吃的。“凡御宴至第三盏，方有上酒肉、咸豉、爆肉、双下驼峰角子”。第四盏下酒是胬子骨头、索粉、白肉胡饼；第五盏是群仙胬、天花饼、太平毕罗、干饭、缕肉羹、莲花肉饼；第六盏假圆鱼、密浮酥捺花；第七盏排炊羊、胡饼、炙金肠；第八盏假沙鱼、独下馒头、肚羹；第九盏水饭、簇饤下饭。如此而已。

宋朝市面上的吃食似乎很便宜。《东京梦华录》云：“吾辈入店，则用一等琉璃浅棱碗，谓之‘碧碗’，亦谓之‘造羹’，菜蔬精细，谓之‘造齑’，每碗十文。”《会仙楼》条载：“止两人对坐饮酒……即银近百两矣。”初看吓人一跳，细看，这是指餐具的价值——宋人餐具多用银。

几乎所有记两宋风俗的书无不记“市食”。钱塘吴自牧《梦粱录·分茶酒店》最为详备。宋朝的肴馔好像多是“快餐”，是现成的，中国古代人流行吃羹。“三日人厨下，洗手作羹汤”，不说是洗手炒肉丝。《水浒传》林冲的徒弟说自己“安排得好菜蔬，端整得好汁水”，“汁水”也就是羹。《东京梦华录》云“旧只用匙今皆用箸矣”，可见本都是可喝的汤水。其次是各种燠菜、燠鸡、燠鸭、燠鹅，再次是半干的肉脯和全干的肉羓。几本书里都提到“影戏羓”，我觉得这就是四川的灯影牛肉一类的东西。炒菜也有，如炒蟹，但极少。

宋朝人饮酒和后来有些不同的，是总要有些鲜果干果，如柑、梨、蔗、柿、炒栗子、新银杏，以及莴苣、“姜油多”之类的菜蔬和玛瑙饧、泽州饧之类的糖稀。《水浒传》所谓“铺下果子按酒”，即指此类东西。

宋朝的面食品类甚多。我们现在叫做主食，宋人却叫“从食”。面食主要是饼。《水浒》动辄说“回些面来打饼”。饼有门油、菊花、宽焦、侧厚、油锅、新样满麻……《东京梦华录》载武成王庙前海州张家、皇建院前郑家最盛，每家有五十余炉。五十几个炉子一起烙饼，真是好家伙！

遍检《东京梦华录》、《都城纪胜》、《西湖老人繁胜录》、《梦粱录》、《武林旧事》，都没有发现宋朝人吃海参、鱼翅、燕窝的记载。吃这种滋补性的高蛋白的海味，大概从明朝才开始。这大概和明朝人的纵欲有关系，记得鲁迅好像曾经说过。

宋朝人好像实行的是“分食制”。《东京梦华录》云“用一等琉璃浅棱碗……每碗十文”，可证。《韩熙载夜宴图》上画的也是各人一份，不像后来大家合坐一桌，大盘大碗，筷子勺子一起来。这一点是颇合卫生的，因不易传染肝炎。

葵·薤

小时读汉乐府《十五从军征》，非常感动。

> 十五从军征，八十始得归。道逢乡里人，“里中有阿谁？”——“遥望是君家，松柏冢累累。”兔从狗窦入，雉从梁上飞，中庭生旅谷，井上生旅葵。舂谷持作饭，采葵持作羹，羹饭一时熟，不知贻阿谁。出门东向望，泪落沾我衣。

诗写得平淡而真实，没有一句迸出呼天抢地的激情，但是惨切沉痛，触目惊心。词句也明白如话，不事雕饰，真不像是两千多年前的人写出的作品，一个十来岁的孩子也完全能读懂。我未从过军，接触这首诗的时候，也还没有经过长久的乱离，但是不止一次为这首诗流了泪。

然而有一句我不明白，“采葵持作羹”。葵如何可以为羹呢？我的家乡人只知道向日葵，我们那里叫做“葵花”。这东西怎么能做羹呢？用它的叶子？向日葵的叶子我是很熟悉的，很大，叶面很粗，有毛，即使是把它切碎了，加了油盐，煮熟之后也还是很难下咽的。另外有一种秋葵，开淡黄色薄瓣的大花，叶如鸡脚，又名鸡爪葵。这东西也似不能做羹。还有一种蜀葵，又名锦葵，内蒙、山西一带叫做“蜀蓟”。我们那里叫做端午花，因为在端午节前后盛开。我从来也没听说过端午花能吃——包括它的叶、茎和花。后来我在济南的山东博物馆的庭院里看到一种戎葵，样子有点像秋葵，开着耀眼的朱红的大花，红得简直吓人一跳。我想，这种葵大概也不能吃。那么，持以作羹的葵究竟是一种什么东西呢？

后来我读到吴其濬的《植物名实图考长编》和《植物名实图考》。吴其濬是个很值得叫人佩服的读书人。他是嘉庆进士，自翰林院修撰官至湖南等省巡抚。但他并没有只是做官，他留意各地物产丰瘠与民生的关系，依据耳闻目见，辑录古籍中有关植物的文献，写成了《长编》和《图考》这样两部巨著。他的著作是我国十九世纪植物学极重要的专著。直到现在，西方的植物学家还认为他绘的画十分精确。吴其濬在《图考》中把葵列为蔬类的第一品。他用很激动的语气，几乎是大声疾呼，说葵就是冬苋菜。

然而冬苋菜又是什么呢？我到了四川、江西、湖南等省，才见到。我有一回住在武昌的招待所里，几乎餐餐都有一碗绿色的叶菜做的汤。这种菜吃到嘴是滑的，有点像莼菜。但我知道这不是莼菜，因为我知道湖北不出莼菜，而且样子也不像。我问服务员："这是什么菜?"——"冬苋菜!"第二天我过到一个巷子，看到有一个年轻的妇女在井边洗菜。这种菜我没有见过。叶片圆如猪耳，颜色正绿，叶梗也是绿的。我走过去问她洗的这是什么菜，——"冬苋菜!"我这才明白：这就是冬苋菜，这就是葵！那么，这种菜作羹正合适——即使是旅生的。从此，我才算把《十五从军征》真正读懂了。

吴其濬为什么那样激动呢？因为在他成书的时候，已经几乎没有人知道葵是什么了。

蔬菜的命运，也和世间一切事物一样，有其兴盛和衰微，提起来也可叫人生一点感慨，葵本来是中国的主要蔬菜。《诗·豳风·七月》："七月烹葵及菽"，可见其普遍。后魏《齐民要术》以《种葵》列为蔬菜第一篇。"采葵莫伤根"，"松下清斋折露葵"，时时见于篇咏。元代王祯的《农书》还称葵为"百菜之主"。不知怎么一来，它就变得不行了。明代的《本草纲目》中已经将它列入草类，压根儿不承认它是菜了！葵的遭遇真够惨的！到底是什么原因呢？我想是因为后来全国普遍种植了大白菜。大白菜取代了葵。齐白石题画中曾提出"牡丹为花之王，荔枝为果之王，独不论白菜为菜中之王，何也?”其实大白菜实际上已经成“菜之王”了。

幸亏南方几省还有冬苋菜，否则吴其濬就死无对证，好像葵已经绝了种似的。吴其濬是河南固始人，他的家乡大概早已经没有葵了，都种了白菜了。他要是不到湖南当巡抚，大概也弄不清葵是啥。吴其濬那样激动，是为葵鸣不平。其意若曰：葵本是菜中之王，是很好的东西；它并没有绝种！它就是冬苋菜！您到南方来尝尝这种菜，就知道了！

北方似乎见不到葵了。不过近几年北京忽然卖起一种过去没见过的菜：木耳菜。你可以买一把来，做个汤，尝尝。葵就是那样的味道，滑的，木耳菜本名落葵，是葵之一种，只是葵叶为绿色，而木耳菜则带紫色，且叶较尖而小。

由葵我又想到薤。

我到内蒙去调查抗日战争时期游击队的材料，准备写一个戏。看了好多份资料，都提到部队当时很苦，时常没有粮食吃，吃“荄荄”，下面多于括号中注明“音‘害害’”。我想：“荄荄”是什么东西?再说“荄”读gāi，也不读“害”呀！后来在草原上有人给我找了一棵实物，我一看，明白了：这是薤。薤音xiè 。内蒙、山西人每把声母为X的字读成H声母，又好用叠字，所以把

"薤" 念成了"害害"。

薤叶极细。我捏着一棵薤，不禁想到汉代的挽歌《薤露》，"薤上露，何易晞，露晞明朝更复落，人死一去何时归？"不说葱上露、韭上露，是很有道理的。薤叶上实在挂不住多少露水，太易"晞"掉了。用此来比喻人命的短促，非常贴切。同时我又想到汉代的人一定是常常食薤的，故尔能近取譬。

北方人现在极少食薤了。南方人还是常吃的。湖南、湖北、江西、云南、四川都有。这几省都把这东西的鳞茎叫做"藠头"。"藠"音"叫"。南方的年轻人现在也有很多不认识这个藠字的。我在韶山参观，看到说明材料中提到当时用的一种土造的手榴弹，叫做"洋藠古"，一个讲解员就老实不客气地读成"洋晶古"。湖南等省人吃的藠头大都是腌制的，或入醋，味道酸甜；或加辣椒，则酸甜而极辣，皆极能开胃。

南方人很少知道藠头即是薤的。

北方城里人则连藠头也不认识。北京的食品商场偶尔从南方运了藠头来卖，趋之若鹜的都是南方几省的人。北京人则多用不信任的眼光端详半天，然后望望然后去之。我曾买了一些，请几位北方同志尝尝，他们闭着眼睛嚼了一口，皱着眉头说："不好吃！——这哪有糖蒜好哇！"我本想长篇大论地宣传一下藠头的妙处，只好咽回去了。

哀哉，人之成见之难于动摇也！

我写这篇随笔，用意是很清楚的。

第一，我希望年轻人多积累一点生活知识。古人说诗的作用：可以观，可以群，可以怨，还可以多识于草木虫鱼之名。这最后一点似乎和前面几点不能相提并论，其实这是很重要的。草木虫鱼，多是与人的生活密切相关。对于草木虫鱼有兴趣，说明对人也有广泛的兴趣。

第二，我劝大家口味不要太窄，什么都要尝尝，不管是古代的还是异地的食物，比如葵和薤，都吃一点。一个一年到头吃大白菜的人是没有口福的。许多大家都已经习以为常的蔬菜，比如菠菜和莴笋，其实原来都是外国菜。西红柿、洋葱，几十年前中国还没有，很多人吃不惯，现在不是也都很爱吃了么？许多东西，乍一吃，吃不惯，吃吃，就吃出味儿来了。

你当然知道，我这里说的，都是与文艺创作有点关系的问题。

五　味

山西人真能吃醋！几个山西人在北京下饭馆，坐定之后，还没有点菜，先把醋瓶子拿过来，每人喝了三调羹醋。邻座的客人直瞪眼。有一年我到太原去，快过春节了。别处过春节，都供应一点好酒，太原的油盐店却都贴出一个条子："供应老陈醋，每户一斤"。这在山西人是大事。

山西人还爱吃酸菜，雁北尤甚。什么都拿来酸，除了萝卜白菜，还包括杨树叶子、榆树钱儿。有人来给姑娘说亲，当妈的先问，那家有几口酸菜缸。酸菜缸多，说明家底子厚。

辽宁人爱吃酸菜白肉火锅。

北京人吃羊肉酸菜汤下杂面。

福建人、广西人爱吃酸笋。我和贾平凹在南宁，不爱吃招待所的饭，到外面瞎吃。平凹一进门，就叫："老友面！""老友面"者，酸笋肉丝氽汤下面也，不知道为什么叫做“老友”。

傣族人也爱吃酸，酸笋炖鸡是名菜。

延庆山里夏天爱吃酸饭。把好好的饭焐酸了，用井拔凉水一和，呼呼地就下去了三碗。

都说苏州菜甜，其实苏州菜只是淡，真正甜的是无锡。无锡炒鳝糊放那么多糖！包子的肉馅里也放很多糖，没法吃！

四川夹沙肉用大片肥猪肉夹了洗沙蒸，广西芋头扣肉用大片肥猪肉夹芋泥蒸，都极甜，很好吃，但我最多只能吃两片。

广东人爱吃甜食。昆明金碧路有一家广东人开的甜品店，卖芝麻糊、绿豆沙，广东同学趋之若鹜。“番薯糖水”即用白薯切块熬的汤，这有什么好喝的呢？广东同学曰：“好嘢！”

北方人不是不爱吃甜，只是过去糖难得。我家曾有老保姆，正定乡下人，六十多岁了。她还有个婆婆，八十几了。她有一次要回乡探亲，临行称了二斤白糖，说她的婆婆就爱喝个白糖水。

北京人很保守，过去不知苦瓜为何物，近年有人学会吃了。菜农也有种的了。农贸市场上有很好的苦瓜卖，属于“细菜”，价颇昂。

北京人过去不吃蕹菜，不吃木耳菜，近年也有人爱吃了。

北京人在口味上开放了！

北京人过去就知道吃大白菜。由此可见，大白菜主义是可以被打倒的。

北方人初春吃苣荬菜。苣荬菜分甜荬、苦荬，苦荬相当的苦。

有一个贵州的年轻女演员上我们剧团学戏，她的妈妈远迢迢给她寄来一包东西，是“者耳根”，或名“则尔根”，即鱼腥草。她让我尝了几根。这是什么东西？苦，倒不要紧，它有一股强烈的生鱼腥味，实在招架不了！

剧团有一干部，是写字幕的，有时也管杂务。此人是个吃辣的专家。他每天中午饭不吃菜，吃辣椒下饭。全国各地的，少数民族的，各种辣椒，他都千方百计地弄来吃。剧团到上海演出，他帮助搞伙食，这下好，不会缺辣椒吃。原以为上海辣椒不好买，他下车第二天就找到一家专卖各种辣椒的铺子。上海人有一些是能吃辣的。

我们吃辣是在昆明练出来的，曾跟几个贵州同学在一起用青辣椒在火上烧烧，蘸盐水下酒。平生所吃辣椒之多矣，什么朝天椒、野山椒，都不在话下。我吃过最辣的辣椒是在越南。一九四七年，由越南转道往上海，在海防街头吃牛肉粉。牛肉极嫩，汤极鲜，辣椒极辣，一碗汤粉，放三四丝辣椒就辣得不行。这种辣椒的颜色是橘黄色的。在川北，听说有一种辣椒本身不能吃，用一根线吊在灶上，汤做得了，把辣椒在汤里涮涮，就辣得不得了。云南佧佤族有一种辣椒，叫“涮涮辣”，与川北吊在灶上的辣椒大概不相上下。

四川不能说是最能吃辣的省份，川菜的特点是辣而且麻——搁很多花椒。四川的小面馆的墙壁上黑漆大书三个字：麻辣烫。麻婆豆腐、干煸牛肉丝、棒棒鸡；不放花椒不行。花椒得是川椒，捣碎，菜做好了，最后再放。

周作人说他的家乡整年吃咸极了的咸菜和咸极了的咸鱼。浙东人确是吃得很咸。有个同学，是台州人，到铺子里吃包子，掰开包子就往里倒酱油。口味的咸淡和地域是有关系的。北京人说南甜北咸东辣西酸，大体不错。河北、东北人口重，福建菜多很淡。但这与个人的性格习惯也有关。湖北菜并不咸，但闻一多先生却嫌云南蒙自的菜太淡。

中国人过去对吃盐很讲究，如桃花盐、水晶盐，“吴盐胜雪”，现在则全国都吃再制精盐。只有四川人腌咸菜还坚持用自贡产的井盐。

我不知道世界上还有什么国家的人爱吃臭。

过去上海、南京、汉口都卖油炸臭豆腐干。长沙火宫殿的臭豆腐因为一个大人物年轻时常吃而出了名。这位大人物后来还去吃过，说了一句话：“火宫殿的臭豆腐还是好吃。”“文化大革命”中火宫殿的影壁上就出现了两行大字：

> 最高指示：
>
> 火宫殿的臭豆腐还是好吃。

我们一个同志到南京出差，他的爱人是南京人，嘱咐他带一点臭豆腐干回来。他千方百计，居然办到了。带到火车上，引起一车厢的人强烈抗议。

除豆腐干外，面筋、百叶（千张）皆可臭。蔬菜里的莴苣、冬瓜、豇豆皆可臭。冬笋的老根咬不动，切下来随手就扔进臭坛子里。——我们那里很多人家都有个臭坛子，一坛子“臭卤”。腌芥菜挤下的汁放几天即成“臭卤”。臭物中最特殊的是臭苋菜秆。苋菜长老了，主茎可粗如拇指，高三四尺，截成二寸许小段，入臭坛。臭熟后，外皮是硬的，里面的心成果冻状。噙住一头，一吸，心肉即入口中。这是佐粥的无上妙品。我们那里叫做“苋菜秸子”，湖南人谓之“苋菜咕”，因为吸起来“咕”的一声。

北京人说的臭豆腐指臭豆腐乳。过去是小贩沿街叫卖的：

“臭豆腐，酱豆腐，王致和的臭豆腐。”臭豆腐就贴饼子，熬一锅虾米皮白菜汤，好饭！现在王致和的臭豆腐用很大的玻璃方瓶装，很不方便，一瓶一百块，得很长时间才能吃完，而且卖得很贵，成了奢侈品。我很希望这种包装能改进，一器装五块足矣。

我在美国吃过最臭的“气死”（干酪），洋人多闻之掩鼻，对我说起来实在没有什么，比臭豆腐差远了。

甚矣，中国人口味之杂也，敢说堪为世界之冠。

故乡的食物

炒米和焦屑

小时读《板桥家书》:“天寒冰冻时暮，穷亲戚朋友到门，先泡一大碗炒米送手中，佐以酱姜一小碟，最是暖老温贫之具”，觉得很亲切。郑板桥是兴化人，我的家乡是高邮，风气相似。这样的感情，是外地人们不易领会的。炒米是各地都有的。但是很多地方都做成了炒米糖。这是很便宜的食品。孩子买了，咯咯地嚼着。四川有“炒米糖开水”，车站码头都有得卖，那是泡着吃的。但四川的炒米糖似也是专业的作坊做的，不像我们那里。我们那里也有炒米糖，像别处一样，切成长方形的一块一块。也有搓成圆球的，叫做“欢喜团”。那也是作坊里做的。但通常所说的炒米，是不加糖黏结的，是“散装”的；而且不是作坊里做出来，是自己家里炒的。

说是自己家里炒，其实是请了人来炒的。炒炒米也要点手艺，并不是人人都会的。入了冬，大概是过了冬至吧，有人背了一面大筛子，手持长柄的铁铲，大街小巷地走，这就是炒炒米的。有时带一个助手，多半是个半大孩子，是帮他烧火的。请到家里来，管一顿饭，给几个钱，炒一天，或二斗，或半石。像我们家人口多，一次得炒一石糯米。炒炒米都是把一年所需一次炒齐，没有零零碎碎炒的。过了这个季节，再找炒炒米的也找不着。一炒炒米，就让人觉得，快要过年了。

装炒米的坛子是固定的，这个坛子就叫“炒米坛子”，不作别的用途。舀炒米的东西也是固定的，一般人家大都是用一个香烟罐头。我的祖母用的是一个“柚子壳”。柚子，——我们那里柚子不多见，从顶上开一个洞，把里面的瓤掏出来，再塞上米糠，风干，就成了一个硬壳的钵状的东西。她用这个柚子壳用了一辈子。

我父亲有一个很怪的朋友，叫张仲陶。他很有学问，曾教我读过《项羽本纪》。他薄有田产，不治生业，整天在家研究易经，算卦。他算卦用蓍草。全城只有他一个人用蓍草算卦。据说他有几卦算得极灵。有一家，丢了一只金戒指，怀疑是女佣人偷了。这女佣人蒙了冤枉，来求张先生算一卦。张先生算了，说戒指没有丢，在你们家炒米坛盖子上。一找，果然。我小时就不大相信，算卦怎么能算得这样准，怎么能算得出在炒米坛盖子上呢？不过他的这一卦说明了一件事，即我们那里炒米坛子是几乎家家都有的。

炒米这东西实在说不上有什么好吃。家常预备，不过取其方便。用开水一泡，马上就可以吃。在没有什么东西好吃的时候，泡一碗，可代早晚茶。来了平常的客人，泡一碗，也算是点心。郑板桥说“穷亲戚朋友到门，先泡一大碗炒米送手中”，也是说其省事，比下一碗挂面还要简单。炒米是吃不饱人的。一大碗，其实没有多少东西。我们那里吃泡炒米，一般是抓上一把白糖，如板桥所说“佐以酱姜一小碟”，也有，少。我现在岁数大了，如有人请我吃泡炒米，我倒宁愿来一小碟酱生姜，——最好滴几滴香油，那倒是还有点意思的。另外还有一种吃法，用猪油煎两个嫩荷包蛋——我们那里叫做“蛋瘪子”，抓一把炒米和在一起吃。这种食品是只有“惯宝宝”才能吃得到的。谁家要是老给孩子吃这种东西，街坊就会有议论的。

我们那里还有一种可以急就的食品，叫做“焦屑”。煳锅巴磨成碎末，就是焦屑。我们那里，餐餐吃米饭，顿顿有锅巴。把饭铲出来，锅巴用小火烘焦，起出来，卷成一卷，存着。锅巴是不会坏的，不发馊，不长霉。攒够一定的数量，就用一具小石磨磨碎，放起来。焦屑也像炒米一样，用开水冲冲，就能吃了。焦屑调匀后成糊状，有点像北方的炒面，但比炒面爽口。

我们那里的人家预备炒米和焦屑，除了方便，原来还有一层意思，是应急。在不能正常煮饭时，可以用来充饥。这很有点像古代行军用的“糒”。有一年，记不得是哪一年，总之是我还小，还在上小学，党军（国民革命军）和联军（孙传芳的军队）在我们县境内开了仗，很多人都躲进了红十字会。不知道出于一种什么信念，大家都以为红十字会是哪一方的军队都不能打进去的，进了红十字会就安全了。红十字会设在炼阳观，这是一个道观。我们一家带了一点行李进了炼阳观。祖母指挥着，特别关照，把一坛炒米和一坛焦屑带了去。我对这种打破常规的生活极感兴趣。晚上，爬到吕祖楼上去，看双方军队枪炮的火光在东北面不知什么地方一阵一阵地亮着，觉得有点紧张，也很好玩。很多人家住在一起，不能煮饭，这一晚上，我们是冲炒米、泡焦屑度过的。没有床铺，我把几个道士诵经用的蒲团拼起来，在上面睡了一夜。这实在是我小时候度过的一个浪漫主义的夜晚。

第二天，没事了，大家就都回家了。

炒米和焦屑和我家乡的贫穷与长期的动乱是有关系的。

端午的鸭蛋

家乡的端午，很多风俗和外地一样。系百索子。五色的丝线拧成小绳，系在手腕上。丝线是掉色的，洗脸时沾了水，手腕上就印得红一道绿一道的。做香角子。丝线缠成小粽子，里头装了香面，一个一个串起来，挂在帐钩上。贴五毒。红纸剪成五毒，贴在门槛上。贴符。这符是城隍庙送来的。城隍庙的老道士还是我的寄名干爹，他每年端午节前就派小道士送符来，还有两把小纸扇。符送来了，就贴在堂屋的门楣上。一尺来长的黄色、蓝色的纸条，上面用朱笔画些莫名其妙的道道，这就能辟邪么？喝雄黄酒。用酒和的雄黄在孩子的额头上画一个“王”字，这是很多地方都有的。有一个风俗不知别处有不：放黄烟子。黄烟子是大小如北方的麻雷子的炮仗，只是里面灌的不是硝药，而是雄黄。点着后不响，只是冒出一股黄烟，能冒好一会。把点着的黄烟子丢在橱柜下面，说是可以熏五毒。小孩子点了黄烟子，常把它的一头抵在板壁上写虎字。写黄烟虎字笔画不能断，所以我们那里的孩子都会写草书的“一笔虎”。还有一个风俗，是端午节的午饭要吃“十二红”，就是十二道红颜色的菜。十二红里我只记得有炒红苋菜、油爆虾、咸鸭蛋，其余的都记不清，数不出了。也许十二红只是一个名目，不一定真凑足十二样。不过午饭的菜都是红的，这一点是我没有记错的，而且，苋菜、虾、鸭蛋，一定是有的。这三样，在我的家乡，都不贵，多数人家是吃得起的。

我的家乡是水乡。出鸭。高邮大麻鸭是著名的鸭种。鸭多，鸭蛋也多。高邮人也善于腌鸭蛋，高邮咸鸭蛋于是出了名。我在苏南、浙江，每逢有人问起我的籍贯，回答之后，对方就会肃然起敬："哦！你们那里出咸鸭蛋！"上海的卖腌腊的店铺里也卖咸鸭蛋，必用纸条特别标明："高邮咸蛋"。高邮还出双黄鸭蛋。别处鸭蛋也偶有双黄的，但不如高邮的多，可以成批输出。双黄鸭蛋味道其实无特别处，还不就是个鸭蛋！只是切开之后，里面圆圆的两个黄，使人惊奇不已。我对异乡人称道高邮鸭蛋，是不大高兴的，好像我们那穷地方就出鸭蛋似的！不过高邮的咸鸭蛋，确实是好，我走的地方不少，所食鸭蛋多矣，但和我家乡的完全不能相比！曾经沧海难为水，他乡咸鸭蛋，我实在瞧不上。袁枚的《随园食单·小菜单》有"腌蛋"一条。袁子才这个人我不喜欢，他的《食单》好些菜的做法是听来的，他自己并不会做菜。但是"腌蛋"这一条我看后却觉得很亲切，而且"与有荣焉"。文不长，录如下：

> 腌蛋以高邮为佳，颜色细而油多，高文端公最喜食之。席间，先夹取以敬客，放盘中。总宜切开带壳，黄白兼用；不可存黄去白，使味不全，油亦走散。

高邮咸蛋的特点是质细而油多。蛋白柔嫩，不似别处的发干、发粉，入口如嚼石灰。油多尤为别处所不及。鸭蛋的吃法，如袁子才所说，带壳切开，是一种，那是席间待客的办法。平常食用，一般都是敲破“空头”用筷子挖着吃。筷子头一扎下去，吱——红油就冒出来了。高邮咸蛋的黄是通红的。苏北有一道名菜，叫做“朱砂豆腐”，就是用高邮鸭蛋黄炒的豆腐。我在北京吃的咸鸭蛋，蛋黄是浅黄色的，这叫什么咸鸭蛋呢！

端午节，我们那里的孩子兴挂“鸭蛋络子”。头一天，就由姑姑或姐姐用彩色丝线打好了络子。端午一早，鸭蛋煮熟了，由孩子自己去挑一个，鸭蛋有什么可挑的呢！有！一要挑淡青壳的。鸭蛋壳有白的和淡青的两种。二要挑形状好看的。别说鸭蛋都是一样的，细看却不同。有的样子蠢，有的秀气。挑好了，装在络子里，挂在大襟的纽扣上。这有什么好看呢？然而它是孩子心爱的饰物。鸭蛋络子挂了多半天，什么时候孩子一高兴，就把络子里的鸭蛋掏出来，吃了。端午的鸭蛋，新腌不久，只有一点淡淡的咸味，白嘴吃也可以。

孩子吃鸭蛋是很小心的，除了敲去空头，不把蛋壳碰破。蛋黄蛋白吃光了，用清水把鸭蛋里面洗净，晚上捉了萤火虫来，装在蛋壳里，空头的地方糊一层薄罗。萤火虫在鸭蛋壳里一闪一闪地亮，好看极了！

小时读囊萤映雪故事，觉得东晋的车胤用练囊盛了几十只萤火虫，照了读书，还不如用鸭蛋壳来装萤火虫。不过用萤火虫照亮来读书，而且一夜读到天亮，这能行么？车胤读的是手写的卷子，字大，若是读现在的新五号字，大概是不行的。

咸菜慈姑汤

一到下雪天，我们家就喝咸菜汤，不知是什么道理。是因为雪天买不到青菜？那也不见得。除非大雪三日，卖菜的出不了门，否则他们总还会上市卖菜的。这大概只是一种习惯。一早起来，看见飘雪花了，我就知道：今天中午是咸菜汤！

咸菜是青菜腌的。我们那里过去不种白菜，偶有卖的，叫做“黄芽菜”，是外地运去的，很名贵。一盘黄芽菜炒肉丝，是上等菜。平常吃的，都是青菜，青菜似油菜，但高大得多。入秋，腌菜，这时青菜正肥。把青菜成担的买来，洗净，晾去水汽，下缸。一层菜，一层盐，码实，即成。随吃随取，可以一直吃到第二年春天。

腌了四五天的新咸菜很好吃，不咸，细、嫩、脆、甜，难可比拟。

咸菜汤是咸菜切碎了煮成的。到了下雪的天气，咸菜已经腌得很咸了，而且已经发酸。咸菜汤的颜色是暗绿的。没有吃惯的人，是不容易引起食欲的。

咸菜汤里有时加了慈姑片，那就是咸菜慈姑汤。或者叫慈姑咸菜汤，都可以。

我小时候对慈姑实在没有好感。这东西有一种苦味。民国二十年，我们家乡闹大水，各种作物减产，只有慈姑却丰收。那一年我吃了很多慈姑，而且是不去慈姑的嘴子的，真难吃。

我十九岁离乡，辗转漂流，三四十年没有吃到慈姑，并不想。

前好几年，春节后数日，我到沈从文老师家去拜年，他留我吃饭，师母张兆和炒了一盘慈姑肉片。沈先生吃了两片慈姑，说："这个好！格比土豆高。"我承认他这话。吃菜讲究"格"的高低，这种语言正是沈老师的语言。他是对什么事物都讲"格"的，包括对于慈姑、土豆。

因为久违，我对慈姑有了感情。前几年，北京的菜市场在春节前后有卖慈姑的。我见到，必要买一点回来加肉炒了。家里人都不怎么爱吃。所有的慈姑，都由我一个人"包圆儿"了。

北方人不识慈姑。我买慈姑，总要有人问我："这是什么？"——"慈姑。"——"慈姑是什么？"这可不好回答。

北京的慈姑卖得很贵，价钱和“洞子货”（温室所产）的西红柿、野鸡脖韭菜差不多。

我很想喝一碗咸菜慈姑汤。

我想念家乡的雪。

虎头鲨·昂嗤鱼·砗螯·螺蛳·蚬子

苏州人特重塘鳢鱼。上海人也是，一提起塘鳢鱼，眉飞色舞。塘鳢鱼是什么鱼？我向往之久矣。到苏州，曾想尝尝塘鳢鱼，未能如愿。后来我知道：塘鳢鱼就是虎头鲨，嗐！

塘鳢鱼亦称土步鱼。《随园食单》：“杭州以土步鱼为上品，而金陵人贱之，目为虎头蛇，可发一笑。”虎头蛇即虎头鲨。这种鱼样子不好看，而且有点凶恶。浑身紫褐色，有细碎黑斑，头大而多骨，鳍如蝶翅。这种鱼在我们那里也是贱鱼，是不能上席的。苏州人做塘鳢鱼有清炒、椒盐多法。我们家乡通常的吃法是汆汤，加醋、胡椒。虎头鲨汆汤，鱼肉极细嫩，松而不散，汤味极鲜，开胃。

昂嗤鱼的样子也很怪，头扁嘴阔，有点像鲇鱼，无鳞，皮色黄，有浅黑色的不规整的大斑。无背鳍，而背上有一根很硬的尖锐的骨刺。用手捏起这根骨刺，它就发出昂嗤昂嗤小小的声音。这声音是怎么发出来的，我一直没弄明白。这种鱼是由这种声音得名的。它的学名是什么，只有去问鱼类学专家了。这种鱼没有很大的，七八寸长的，就算难得的了。这种鱼也很贱，连乡下人也看不起。我的一个亲戚在农村插队，见到昂嗤鱼，买了一些，农民都笑他："买这种鱼干什么！"昂嗤鱼其实是很好吃的。昂嗤鱼通常也是汆汤。虎头鲨是醋汤，昂嗤鱼不加醋，汤白如牛乳，是所谓"奶汤"。昂嗤鱼也极细嫩，鳃边的两块蒜瓣肉有大拇指大，堪称至味。有一年，北京一家鱼店不知从哪里运来一些昂嗤鱼，无人问津。顾客都不识这是啥鱼。有一位卖鱼的老师傅倒知道："这是昂嗤。"我看到，高兴极了，买了十来条。回家一做，满不是那么一回事！昂嗤要吃活的（虎头鲨也是活杀）。长途转运，又在冷库里冰了一些日子，肉质变硬，鲜味全失，一点意思都没有！

砗螯，我的家乡叫馋螯，砗螯是扬州人的叫法。我在大连见到花蛤，我以为这是砗螯。不是。形状很相似，入口全不同。花蛤肉粗而硬，咬不动。砗螯极柔软细嫩。砗螯好像是淡水里产的，但味道却似海鲜。有点像蛎黄，但比蛎黄味道清爽。比青蛤、蚶子味厚。砗螯可清炒，烧豆腐，或与咸肉同煮。砗螯烧乌青菜（江南人叫塌苦菜)，风味绝佳。乌青菜如是经霜而现拔的，尤美。我不食砗螯四十五年矣。

砗螯壳稍呈三角形，质坚，白如细瓷，而有各种颜色的弧形花斑，有浅紫的，有暗红的，有赭石、墨蓝的，很好看。家里买了砗螯，挖出砗螯肉，我们就从一堆砗螯壳里去挑选，挑到好的，洗净了留起来玩。砗螯壳的铰合部有两个突出的尖嘴子，把尖嘴子在糙石上磨磨，不一会就磨出两个小圆洞，含在嘴里吹，呜呜地响，且有细细颤音，如风吹窗纸。

螺蛳处处有之。我们家乡清明吃螺蛳，谓可以明目。用五香煮熟螺蛳，分给孩子，一人半碗，由他们自己用竹签挑着吃。孩子吃了螺蛳，用小竹弓把螺蛳壳射到屋顶上，喀啦喀啦地响。夏天"检漏"，瓦匠总要扫下好些螺蛳壳。这种小弓不作别的用处，就叫做螺蛳弓，我在小说《戴车匠》里对螺蛳弓有较详细的描写。

蚬子是我所见过的贝类里最小的了，只有一粒瓜子大。蚬子是剥了壳卖的。剥蚬子的人家附近堆了好多蚬子壳，像一个坟头。蚬子炒韭菜，很下饭。这种东西非常便宜，为小户人家的恩物。

有一年修运河堤。按工程规定，有一段堤面应铺碎石，包工的贪污了款子，在堤面铺了一层蚬子壳。前来检收的委员，坐在汽车里，向外一看，白花花的一片，还抽着雪茄烟，连说：“很好！很好！”

我的家乡富水产。鱼中之名贵的是鳊鱼、白鱼（尤重翘嘴白）、鲜花鱼（即鳜鱼），谓之“鳊、白、鲚。”虾有青虾、白虾。蟹极肥。以无特点，故不及。

野鸭·鹌鹑·斑鸠·䴔

过去我们那里野鸭子很多。水乡，野鸭子自然多。秋冬之际，天上有时“过”野鸭子，黑乎乎的一大片，在地上可以听到它们鼓翅的声音，呼呼的，好像刮大风。野鸭子是枪打的（野鸭肉里常常有很细的铁砂子，吃时要小心），但打野鸭子的人自已不进城来卖。卖野鸭子有专门的摊子。有时卖鱼的也卖野鸭子，把一个养活鱼的木盆翻过来，野鸭一对一对地摆在盆底，卖野鸭子是不用秤约的，都是一对一对地卖。野鸭子是有一定分量的。依分量大小，有一定的名称，如“对鸭”、“八鸭”。哪一种有多大分量，我现在已经记不清了。卖野鸭子都是带毛的。卖野鸭子的可以代客当场去毛，拔野鸭毛是不能用开水烫的。野鸭子皮薄，一烫，皮就破了。干拔。卖野鸭子的把一只鸭子放入一个麻袋里，一手提鸭，一手拔毛，一会儿就拔净了。——放在麻袋里拔，是防止鸭毛飞散。代客拔毛，不另收费，卖野鸭子的只要那一点鸭毛。——野鸭毛是值钱的。

野鸭的吃法通常是切块红烧。清炖大概也可以吧，我没有吃过。野鸭子肉的特点是：细、“酥”，不像家鸭每每肉老。野鸭烧咸菜是我们那里的家常菜。里面的咸菜尤其是佐粥的妙品。

现在我们那里的野鸭子很少了。前几年我回乡一次，偶有，卖得很贵。原因据说是因为县里对各乡水利作了全面综合治理，过去的水荡子、荒滩少了，野鸭子无处栖息。而且，野鸭子过去是吃收割后遗撒在田里的谷粒的，现在收割得很干净，颗粒归仓，野鸭子没有什么可吃的，不来了。

鹌鹑是网捕的。我们那里吃鹌鹑的人家少，因为这东西只有由乡下的亲戚送来，市面上没有卖的。鹌鹑大都是用五香卤了吃。也有用油炸了的。鹌鹑能斗，但我们那里无斗鹌鹑的风气。

我看见过猎人打斑鸠。我在读初中的时候。午饭后，我到学校后面的野地里去玩。野地里有小河，有野蔷薇，有金黄色的茼蒿花，有苍耳（苍耳子有小钩刺，能挂在衣裤上，我们管它叫“万把钩”），有才抽穗的芦荻。在一片树林里，我发现一个猎人。我们那里猎人很少，我从来没有见过猎人，但是我一看见他，就知道：他是一个猎人。这个猎人给我一个非常猛厉的印象。他穿了一身黑，下面却缠了鲜红的绑腿。他很瘦。他的眼睛黑，而冷。他握着枪。他在干什么？树林上面飞过一只斑鸠。他在追逐这只斑鸠。斑鸠分明已经发现猎人了。它想逃脱。斑鸠飞到北面，在树上落一落，猎人一步一步往北走。斑鸠连忙往南面飞，猎人扬头看了一眼，斑鸠落定了，猎人又一步一步往南走，非常冷静。这是一场无声的，然而非常紧张的、坚持的较量。斑鸠来回飞，猎人来回走。我很奇怪，为什么斑鸠不往树林外面飞。这样几个来回，斑鸠慌了神了，它飞得不稳了，歪歪倒倒的，失去了原来均匀的节奏。忽然，砰，——枪声一响，斑鸠应声而落。猎人走过去，拾起斑鸠，看了看，装在猎袋里。他的眼睛很黑，很冷。

我在小说《异秉》里提到王二的熏烧摊子上，春天，卖一种叫做“鵽”的野味。鵽这种东西我在别处没看见过。“鵽”这个字很多人也不认得。多数字典里不收。《辞海》里倒有这个字，标音为“duò 又读 zhuā”。zhuā 与我乡读音较近，但我们那里是读入声的，这只有用国际音标才标得出来。即使用国际音标标出，在不知道“短促急收藏”的北方人也是读不出来的。《辞海》“鵽”字条下注云：“见鵽鸠”，似以为“鵽”即“鵽鸠”。而在“鵽鸠”条下注云：“鸟名。雉属。即‘沙鸡’。”这就不对了。沙鸡我是见过的，吃过的。内蒙、张家口多出沙鸡。

《尔雅·释鸟》郭璞注："出北方沙漠地"，不错。北京冬季偶尔也有卖的。沙鸡嘴短而红，腿也短。我们那里的䴕却是水鸟，嘴长，腿也长。䴕的滋味和沙鸡有天渊之别。沙鸡肉较粗，略带酸味；䴕肉极细，非常香。我一辈子没有吃过比䴕更香的野味。

蒌蒿·枸杞·荠菜·马齿苋

小说《大淖记事》："春初水暖，沙洲上冒出很多紫红色的芦芽和灰绿色的蒌蒿，很快就是一片翠绿了。"我在书页下方加了一条注："蒌蒿是生于水边的野草，粗如笔管，有节，生狭长的小叶，初生二寸来高，叫做'蒌蒿薹子'，加肉炒食极清香。……"蒌蒿的蒌字，我小时不知怎么写，后来偶然看了一本什么书，才知道的。这个字音"吕"。我小学有一个同班同学，姓吕，我们就给他起了个外号，叫"蒌蒿薹子"（蒌蒿薹子家开了一爿糖坊，小学毕业后未升学，我们看见他坐在糖坊里当小老板，觉得很滑稽）。但我查了几本字典，"蒌"都音"楼"，我有点恍惚了。"楼"、"吕"一声之转。许多从"娄"的字都读"吕"，如"屡"、"缕"、"褛"……这本来无所谓，读"楼"读"吕"，关系不大。但字典上都说蒌蒿是蒿之一种，即白蒿，我却有点不以为然了。我小说里写的蒌蒿和蒿其实不相干。读苏东坡《惠崇春江晚景》诗:“竹外桃花三两枝，春江水暖鸭先知。蒌蒿满地芦芽短，正是河豚欲上时。”此蒌蒿生于水边，与芦芽为伴，分明是我的家乡人所吃的蒌蒿，非白蒿。或者“即白蒿”的蒌蒿别是一种，未可知矣。深望懂诗、懂植物学，也懂吃的博雅君子有以教我。

我的小说注文中所说的“极清香”，很不具体。嗅觉和味觉是很难比方，无法具体的。昔人以为荔枝味似软枣，实在是风马牛不相及。我所谓“清香”，即食时如坐在河边闻到新涨的春水的气味。这是实话，并非故作玄言。

枸杞到处都有。开花后结长圆形的小浆果，即枸杞子。我们叫它“狗奶子”，形状颇像。本地产的枸杞子没有入药的，大概不如宁夏产的好。枸杞是多年生植物。春天，冒出嫩叶，即枸杞头。枸杞头是容易采到的。偶尔也有近城的乡村的女孩子采了，放在竹篮里叫卖:“枸杞头来！……”枸杞头可下油盐炒食；或用开水焯了，切碎，加香油、酱油、醋，凉拌了吃。那滋味，也只能说“极清香”。春天吃枸杞头，云可以清火，如北方人吃苣荬菜一样。

“三月三，荠菜花赛牡丹”。俗谓是日以荠菜花置灶上，则蚂蚁不上锅台。

北京也偶有荠菜卖。菜市上卖的是园子里种的，茎白叶大，颜色较野生者浅淡，无香气。农贸市场间有南方的老太太挑了野生的来卖，则又过于细瘦，如一团乱发，制熟后强硬扎嘴。总不如南方野生的有味。

江南人惯用荠菜包春卷，包馄饨，甚佳。我们家乡有用来包春卷的，用来包馄饨的没有，——我们家乡没有“菜肉馄饨”。一般是凉拌。荠菜焯熟剁碎，界首茶干切细丁，入虾米，同拌。这道菜是可以上酒席做凉菜的。酒席上的凉拌荠菜都用手抟成一座尖塔，临吃推倒。

马齿苋现在很少有人吃。古代这是相当重要的菜蔬。苋分人苋、马苋。人苋即今苋菜，马苋即马齿苋。我的祖母每于夏天摘肥嫩的马齿苋晾干，过年时做馅包包子。她是吃长斋的，这种包子只有她一个人吃。我有时从她的盘子里拿一个，蘸了香油吃，挺香。马齿苋有点淡淡的酸味。

马齿苋开花，花瓣如一小囊。我们有时捉了一个哑巴知了，——知了是应该会叫的，捉住一个哑巴，多么扫兴！于是就摘了两个马齿苋的花瓣套住它的眼睛，——马齿苋花瓣套知了眼睛正合适，一撒手，这知了就拼命往高处飞，一直飞到看不见！

三年自然灾害，我在张家口沙岭子吃过不少马齿苋。那时候，这是宝物！

食豆饮水斋闲笔

豌　豆

在北市口卖熏烧炒货的摊子上，和我写的小说《异秉》里的王二的摊子上，都能买到炒豌豆和油炸豌豆。二十文（两枚当十的铜元）即可买一小包，撒一点盐，一路上吃着往家里走，到家门口，也就吃完了。

离我家不远的越塘旁边的空地上，经常有几副卖零吃的担子。卖花生糖的。大粒去皮的花生仁，炒熟仍是雪白的，平摊在抹了油的白石板上，冰糖熬好，均匀地浇在花生米上，候冷，铲起。这种花生糖晶亮透明，不用刀切，大片，放在玻璃匣里，要买，取出一片，现约，论价。冰糖极脆，花生很香。卖豆腐脑的。我们那里的豆腐脑不像北京浇口蘑渣羊肉卤，只倒一点酱油、醋，加一滴麻油——用一只一头缚着一枚制钱的筷子，在油壶里一蘸，滴在碗里，真正只有一滴。但是加很多样零碎作料：小虾米、葱花、蒜泥、榨菜末、药芹末——我们那里没有旱芹，只有水芹即药芹，我很喜欢药芹的气味。我觉得这样的豆腐脑清清爽爽，比北京的勾芡的黏黏糊糊的羊肉卤的要好吃。卖糖豌豆粥的。香粳晚米和豌豆一同在铜锅中熬熟，盛出后加洋糖（绵白糖）一勺。夏日于柳荫下喝一碗。风味不恶。我离乡五十多年，至今还记得豌豆粥的香味。

北京以豌豆制成的食品，最有名的是“豌豆黄”。这东西其实制法很简单，豌豆熬烂，去皮，澄出细沙，加少量白糖，摊开压扁，切成5寸×3寸的长方块，再加刀割出四方小块，分而不离，以牙签扎取而食。据说这是“宫廷小吃”，过去是小饭铺里都卖的，很便宜，现在只仿膳这样的大餐馆里有了，而且卖得很贵。

夏天连阴雨天，则有卖煮豌豆的。整粒的豌豆煮熟，加少量盐，搁两个大蒜瓣在浮头上，用豆绿茶碗量了卖。虎坊桥有一个傻子卖煮豌豆，给得多。虎坊桥一带流传一句歇后语：“傻子的豌豆——多给”。北京别的地区没有这样的歇后语。想起煮豌豆，就会叫人想起北京夏天的雨。

早年前有磕豌豆模子的。豌豆煮成泥，摁在雕成花样的木模子里，磕出来，就成了一个一个小玩意儿，小猫、小狗、小兔、小猪。买的都是孩子，也玩了，也吃了。

以上说的是干豌豆。新豌豆都是当菜吃。烩豌豆是应时当令的新鲜菜。加一点火腿丁或鸡茸自然很好，就是素烩，也极鲜美。烩豌豆不宜久煮，久煮则汤色发灰，不透亮。

全国兴起了吃荷兰豌豆也就近几年的事。我吃过的荷兰豆以厦门为最好，宽大而嫩。厦门的汤米粉中都要加几片荷兰豆，可以解海鲜的腥味。北京吃的荷兰豆都是从南方运来的。我在厦门郊区的田里看到正在生长着的荷兰豆，搭小架，水红色的小花，嫩绿的叶子，嫣然可爱。

豌豆的嫩头，我的家乡叫豌豆头，但将“豌”字读成“安”。云南叫豌豆尖，四川叫豌豆颠。我的家乡一般都是油盐炒食。云南、四川加在汤面上面。叫做“飘”或“青”。不要加豌豆苗，叫“免飘”；“多青重红”则是多要豌豆苗和辣椒。吃毛肚火锅，在涮了各种荤料后，浓汤中推进一大盘豌豆颠，美不可言。

豌豆可以入画。曾在山东看到钱舜举的册页，画的是豌豆，不能忘。钱舜举的画设色娇而不俗，用笔稍细而能潇洒，我很喜欢。见过一幅日本竹内栖凤的画，豌豆花、叶颜色较钱舜举尤为鲜丽，但不知道为什么在豌豆前面画了一条赭色的长蛇，非常逼真。是不是日本人觉得蛇也很美?

绿　豆

绿豆在粮食里是最重要的。一麻袋绿豆二百七十斤，非壮劳力扛不起。

绿豆性凉，夏天喝绿豆汤、绿豆粥、绿豆水饭，可祛暑。

绿豆的最大用途是做粉丝。粉丝好像是中国的特产，外国名之曰玻璃面条。常见的粉丝的吃法是下在汤里。华侨很爱吃粉丝，大概这会引起他们的故国之思，每年国内要运销大量粉丝到东南亚各地，一律称为“龙口细粉”，华侨多称之为“山东粉”。我有个亲戚，是闽籍马来西亚归侨，我在她家吃饭，她在什么汤里都必放两样东西，粉丝和榨菜。苏南人爱吃“油豆腐线粉”，是小吃，乃以粉丝及豆腐泡下在冬菇扁尖汤里。午饭已经消化完了，晚饭还不到时候，吃一碗油豆腐线粉，蛮好。北京的镇江馆子森隆以前有一道菜，银丝牛肉：粉丝温油炸脆，浇宽汁小炒牛肉丝，哧啦有声。不知这是不是镇江菜。做银丝牛肉的粉丝必须是纯绿豆的，否则易于焦煳。我曾在自己家里做过一次，粉丝大概掺了不知别的什么东西，炸后成了一团黑炭。“蚂蚁上树”原是四川菜，肉末炒粉丝。有一个剧团的伙食办得不好，演员意见很大。剧团的团长为了关心群众生活，深入到食堂去亲自考察，看到菜牌上写的菜名有“蚂蚁上树”，说：“啊呀，伙食是有问题，蚂蚁怎么可以吃呢?”这样的人怎么可以当团长呢?

绿豆轧的面条叫“杂面”。《红楼梦》里尤三姐说：“咱们清水下杂面，你吃我看。”或说杂面要下羊肉汤里，清水下杂面是说没有吃头的。究竟这句话是什么意思，我还不太明白。不过杂面是要有点荤汤的，素汤杂面我还没有吃过。那么，吃长斋的人是不吃杂面的?

凉粉皮原来都是绿豆的，现在纯绿豆的很少，多是杂豆的。大块凉粉则是白薯粉的。

凉粉以川北凉粉为最好，是豌豆粉，颜色是黄的。川北凉粉放很多油辣椒，吃时嘴里要嘘嘘出气。

广东人爱吃绿豆沙。昆明正义路南头近金碧路处有一家广东人开的甜品店，卖绿豆沙、芝麻糊和番薯糖水。绿豆沙、芝麻糊都好吃，番薯糖水则没有多大意思。

绿豆糕以昆明的吉庆祥和苏州采芝斋最好，油重，且加了玫瑰花。北京的绿豆糕不加油，是干的，吃起来噎人。我有一阵生胆囊炎，不宜吃油，买了一盒回来，我的孙女很爱吃，一气吃了几块，我觉得不可理解。

黄　豆

豆叶在古代是可以当菜吃的，吃法想必是做羹。后来就没有人吃了，没有听说过有人吃凉拌豆叶、炒豆叶、豆叶汤。

我们那里，夏天，家家都要吃几次炒毛豆，加青辣椒。中秋节煮毛豆供月，带壳煮。我父亲会做一种毛豆：毛豆剥出粒，与小青椒（不切）同煮，加酱油、糖，候豆熟收汤，摊在筛子里晾至半干，豆皮起皱，收入小坛。下酒甚妙，做一次可以吃几天。

北京的小酒馆里盐水煮毛豆，有的酒馆是整棵地煮的，不将豆荚剪下，酒客用手摘了吃，似比装了一盘吃起来更香。

香椿豆甚佳，香椿嫩头在开水中略烫，沥去水，碎切，加盐；毛豆加盐煮熟，与香椿同拌匀，候冷，贮之玻璃瓶中，隔日取食。

北京人吃炸酱面，讲究的要有十几种菜码，黄瓜丝、小萝卜、青蒜……还得有一撮毛豆或青豆。肉丁（不用副食店买的绞肉末）炸酱与青豆同嚼，相得益彰。

北京人炒麻豆腐要放几个青豆嘴儿——青豆发一点芽。

三十年前北京稻香村卖熏青豆，以佐茶甚佳。这种豆大概未必是熏的，只是加一点茴香，入轻盐煮后晾成的。皮亦微皱，不软不硬，有咬劲。现在没有了，想是因为费工而利薄，熏青豆是很便宜的。

江阴出粉盐豆。不知怎么能把黄豆发得那样大，长可半寸，盐炒，豆不收缩，皮色发白，极酥松，一嚼即成细粉，故名粉盐豆。味甚隽，远胜花生米。吃粉盐豆，叹白花酒，很相配。我那时还不怎么会喝酒，只是喝白开水。星期天，坐在自修室里，喝水，吃豆，读李清照、辛弃疾词，别是一番滋味。我在江阴南菁中学读过两年，星期天多半是这样消磨过去的。前年我到江阴寻梦，向老同学问起粉盐豆，说现在已经没有了。

稻香村、桂香村、全素斋等处过去都卖笋豆。黄豆、笋干切碎，加酱油、糖煮。现在不大见了。

三年自然灾害时，对十七级干部有一点照顾，每月发几斤黄豆、一斤白糖，叫做“糖豆干部”。我用煮笋豆法煮之，没有笋干，放一点口蘑。口蘑是我在张家口坝上自己采得晒干的。我做的口蘑豆自家吃，还送人。曾给黄永玉送去过。永玉的儿子黑蛮吃了，在日记里写道：“黄豆是不好吃的东西，汪伯伯却能把它做得很好吃，汪伯伯很伟大！”

炒黄豆芽宜烹糖醋。

黄豆芽吊汤甚鲜。南方的素菜馆、供素斋的寺庙，都用豆芽汤取鲜。有一老饕在一个庙里吃了素斋，怀疑汤里放了虾子包，跑到厨房里去验看，只见一口大锅里熬着一锅黄豆芽和香菇蒂的汤。黄豆芽汤加酸雪里蕻，泡饭甚佳。此味北人不解也。

黄豆对中国人民最大的贡献是能做豆腐及各种豆制品。如果没有豆腐，中国人民的生活将会缺一大块，和尚、尼姑、素菜馆的大师傅就通通“没戏”了。素菜除了冬菇、口蘑、金针、木耳、冬笋、竹笋，主要是靠豆腐、豆制品。素这个，素那个，只是豆制品变出的花样而已。关于豆腐，应另写专文，此不及。

扁　豆

我们那一带的扁豆原来只有北京人所说的“宽扁豆”的那一种，郑板桥写过一副对联：“一庭春雨瓢儿菜，满架秋风扁豆花”，指的当是这种扁豆。这副对子写的是尚可温饱的寒士家的景况，有钱的阔人家是不会在庭院里种菜种扁豆的。扁豆有紫花和白花的两种，紫花的较多，白花的少。郑板桥眼中的扁豆花大概是紫的。紫花扁豆结的豆角皮色亦微带紫，白花扁豆则是浅绿色的。吃起来味道都差不多。惟入药用，则必为“白扁豆”，两种扁豆药性可能不同。扁豆初秋即开花，旋即结角，可随时摘食。板桥所说：“满架秋风”，给人的感觉是已是深秋了。画扁豆花的画家喜欢画一只纺织娘，这是一个季节的东西。暑尽天凉，月色如水，听纺织娘在扁豆架上沙沙地振羽，至有情味。北京有种红扁豆的，花是大红的，豆角则是深紫红的。这种红扁豆似没人吃，只供观赏。我觉得这种扁豆红得不正常，不如紫花、白花有韵致。

北京通常所说的扁豆，上海人叫四季豆。我的家乡原来没有，现在有种的了。北京的扁豆有几种，一般的就叫扁豆，有上架的，叫“架豆”。一种叫“棍儿扁豆”，豆角如小圆棍。“棍儿扁豆”字面自相矛盾，既似棍儿，不当叫扁。有一种豆角较宽而甚嫩的，叫“闷儿豆”，我想是“眉豆”的讹读。北京人吃扁豆无非是焯熟凉拌，炒，或焖。“焖扁豆面”挺不错。扁豆焖熟，加水，面条下在上面，面熟，将扁豆翻到上面来，再稍焖，即得。扁豆不管怎么做，总宜加蒜。

我在泰山顶上一个招待所里吃过一盘炒棍儿扁豆，非常嫩。平生所吃扁豆，此为第一。能在泰山顶上吃到，尤为难得。

芸　豆

我在昆明吃了几年芸豆。西南联大的食堂里有几个常吃的菜：炒猪血（云南叫“旺子”），炒莲花白（即北京的圆白菜、上海的卷心菜、张家口的疙瘩白），灰色的魔芋豆腐……几乎每天都有的是煮芸豆。府甬道菜市上有卖芸豆的，盐煮，我们有时买了当零嘴吃，因为很便宜。芸豆有红的和白的两种，我们在昆明吃的是红的。

北京小饭铺里过去有芸豆粥卖，是白芸豆。芸豆粥粥汁甚黏，好像勾了芡。

芸豆卷和豌豆黄一样，也是“宫廷小吃”。白芸豆煮成沙，入糖，制为小卷。过去北海漪澜堂茶馆里有卖，现在不知还有没有。

在乌鲁木齐逛“巴扎”，见白芸豆极大，有大拇指头顶儿那样大，很想买一点，但是数千里外带一包芸豆回北京，有点“神经”，遂作罢。

红小豆

红小豆上海叫赤豆：赤豆汤，赤豆棒冰。北京叫小豆：小豆粥，小豆冰棍。我的家乡叫红饭豆，因为可掺在米里蒸成饭。

红小豆最大的用途是做豆沙。北方的豆沙有不去皮的，只是小豆煮烂而已。豆包、炸糕的馅都是这样的粗制豆沙。水滤去皮，成为细沙，北方叫“澄沙”，南方叫“洗沙”。做月饼、甜包、汤圆，都离不开豆沙。豆沙最能吸油，故宜作馅。我们家大年初一早起吃汤圆，洗沙是年前就用大量的猪油拌了，每天在饭锅头上蒸一次，沙色紫得发黑，已经吸足了油。我们家的汤圆又很大，我能吃两三个，一咬一嘴油。

四川菜有夹沙肉，乃肥多瘦少的带皮臀肩肉整块煮至六七成熟，捞出，稍凉后，切成厚二三分的大片，两片之间肉皮不切通，中夹洗沙，上笼蒸扒。这道菜是放糖的，很甜。肥肉已经脱了油，吃起来不腻。但也不能多吃，我只能来两片。我的儿子会做夹沙肉，每次都很成功。

豇　豆

我小时最讨厌吃豇豆，只有两层皮，味道寡淡。从来北京，岁数大了，觉得豇豆也还好吃。人的口味是可以变的。比如我小时不吃猪肺，觉得泡泡囊囊的，嚼起来很不舒服。老了，觉得肺头挺好吃，于老人牙齿甚相宜。

嫩豇豆切寸段，入开水锅焯熟，以轻盐稍腌，滗去盐水，以好酱油、镇江醋、姜、蒜末同拌、滴香油数滴，可以“渗”酒。炒食亦佳。

河北省酱菜中有酱豇豆，别处似没有。北京的六必居、天源，南方扬州酱菜中都没有。保定酱豇豆是整根酱的，甚脆嫩，而极咸。河北人口重，酱菜无不甚咸。

豇豆米老后，表皮光洁，淡绿中泛浅紫红晕斑。瓷器中有一种“豇豆红”就是这种颜色。曾见一豇豆红小石榴瓶，莹润可爱。中国人很会为瓷器的釉色取名，如“老僧衣”、“芝麻酱”、“茶叶末”，都甚肖。

萝卜

杨花萝卜即北京的小水萝卜。因为是杨花飞舞时上市卖的，我的家乡名之曰："杨花萝卜"。这个名称很富于季节感。我家不远的街口一家茶食店的屋下有一个岁数大的女人摆一个小摊子，卖供孩子食用的便宜的零吃。杨花萝卜下来的时候，卖萝卜。萝卜一把一把地码着，她不时用炊帚洒一点水，萝卜总是鲜红的。给她一个铜板，她就用小刀切下三四根萝卜。萝卜极脆嫩，有甜味，富水分。自离家乡后，我没有吃过这样好吃的萝卜，或者不如说自我长大后没有吃过这样好吃的萝卜。小时候吃的东西都是最好吃的。

除了生嚼，杨花萝卜也能拌萝卜丝。萝卜斜切为薄片，再切为细丝，加酱油、醋、香油略拌，撒一点青蒜，极开胃。小孩的顺口溜唱道：

人之初，
鼻涕拖，

油炒饭，

拌萝菠[1]。

油炒饭加一点葱花，在农村算是美食，佐以拌萝卜丝一碟，吃起来是很香的。

萝卜丝与细切的海蜇皮同拌，在我的家乡是上酒席的，与香干拌荠菜、盐水虾、松花蛋同为凉碟。

北京的拍水萝卜也不错，但宜少入白糖。

北京人用水萝卜切片，汆羊肉汤，味鲜而清淡。

烧小萝卜，来北京前我没有吃过（我的家乡杨花萝卜没有熟吃的），很好。有一位台湾女作家来北京，要我亲自做一顿饭请她吃。我给她做了几个菜，其中一个是烧小萝卜，她吃了赞不绝口。那当然是不难吃的，那两天正是小萝卜最好吃的时候，都长足了，但还很嫩，不糠；而且我是用干贝烧的。她说台湾没有这种水萝卜。

我们家乡有一种穿心红萝卜，粗如黄酒盏，长可三四寸，外皮深紫红色，里面的肉有放射形的紫红纹，紫白相间，若是横切开来，正如中药里的槟榔片（卖时都是直切），当中一线贯通，色极深，故名穿心红。卖穿心红萝卜的挑担，与山芋（红薯）同卖，山芋切厚片。都

---

[1] 我的家乡称萝卜为萝菠。

是生吃。

紫萝卜不大，大的如一个大衣扣子，扁圆形，皮色乌紫。据说这是五倍子染的。看来不是本色，因为它掉色，吃了，嘴唇牙肉也是乌紫乌紫的。里面的肉却是嫩白的。这种萝卜非本地所产，产在泰州。每年秋末，就有泰州人来卖紫萝卜，都是女的，挎一个柳条篮子，沿街吆喝："紫萝——卜！"

我在淮安第一回吃到青萝卜。曾在淮安中学借读过一个学期，一到星期日，就买了七八个青萝卜，一堆花生，几个同学，尽情吃一顿。后来我到天津吃过青萝卜，觉得淮安青萝卜比天津的好。大抵一种东西第一回吃，总是最好的。

天津吃萝卜是一种风气。五十年代初，我到天津，一个同学的父亲请我们到天华景听曲艺。座位之前有一溜长案，摆得满满的，除了茶壶茶碗，瓜子花生米碟子，还有几大盘切成薄片的青萝卜。听"玩艺儿"吃萝卜，此风为别处所无。天津谚云："吃了萝卜喝热茶，气得大夫满街爬"，吃萝卜喝茶，此风亦为别处所无。

心里美萝卜是北京特色。一九四八年冬天，我到了北京，街头巷尾，每每听到吆喝："哎——萝卜，赛梨来——辣来换……"声音高亮打远。看来在北京做小买卖的，都得有条好嗓子。卖"萝卜赛梨"的，萝卜都是一个一个挑选过的，用手指头一弹，当当的；一刀切下去，咔嚓嚓的响。

我在张家口沙岭子劳动，曾参加过收心里美萝卜。张家口土质于萝卜相宜，心里美皆甚大。收萝卜时是可以随便吃的。和我一起收萝卜的农业工人起出一个萝卜，看一看，不怎么样的，随手就扔进了大堆。一看，这个不错，往地下一扔，叭嚓，裂成了几瓣，“行！”于是各拿一块啃起来，甜，脆，多汁，难可名状。他们说：“吃萝卜，讲究吃‘棒打萝卜’。”

张家口的白萝卜也很大。我参加过张家口地区农业展览会的布置工作，送展的白萝卜都特大。白萝卜有象牙白和露八分。露八分即八分露出土面，露出土面部分外皮淡绿色。

我的家乡无此大白萝卜，只是粗如小儿臂而已。家乡吃萝卜只是红烧，或素烧，或与臀肩肉同烧。

江南人特重白萝卜炖汤，常与排骨或猪肉同炖。白萝卜耐久炖，久则出味。或入淡菜，味尤厚。沙汀《淘金记》写么吵吵每天用牙巴骨炖白萝卜，吃得一家脸上都是油光光的。天天吃是不行的，隔几天吃一次，想亦不恶。

四川人用白萝卜炖牛肉，甚佳。

扬州人、广东人制萝卜丝饼，极妙。北京东华门大街曾有外地人制萝卜丝饼，生意极好。此人后来不见了。

北京人炒萝卜条，是家常下饭菜。或入酱炒，则为南方人所不喜。

白萝卜最能消食通气。我们在湖南体验生活，有位领导同志，接连五天大便不通，吃了各种药都不见效，憋得他难受得不行。后来生吃了几个大白萝卜，一下子畅通了。奇效如此，若非亲见，很难相信。

萝卜是腌制咸菜的重要原料。我们那里，几乎家家都要腌萝卜干。腌萝卜干的是红皮圆萝卜。切萝卜时全家大小一齐动手。孩子切萝卜，觉得这个一定很甜，尝一瓣，甜，就放在一边，自己吃。切一天萝卜，每个孩子肚子里都装了不少。萝卜干盐渍后须在芦席上摊晒，水汽干后，入缸，压紧、封实，一两月后取食。我们那里说在商店学徒（学生意）要“吃三年萝卜干饭”，谓油水少也。学徒不到三年零一节，不满师，吃饭须自觉，筷子不能往荤菜盘里伸。

扬州一带酱园里卖萝卜头，乃甜面酱所腌，口感甚佳。孩子们爱吃，一半也因为它的形状很好玩，圆圆的，比一个鸽子蛋略大。此北地所无，天源、六必居都没有。

北京有小酱萝卜，佐粥甚佳。大腌萝卜咸得发苦，不好吃。

四川泡菜什么萝卜都可以泡，红萝卜、白萝卜。

湖南桑植卖泡萝卜。走几步，就有个卖泡萝卜的摊子。萝卜切成大片，泡在广口玻璃瓶里，给毛把钱即可得一片，边走边吃。峨嵋山道边也有卖泡萝卜的，一面涂了一层稀酱。

萝卜原产中国，所以中国的为最好。有春萝卜、夏萝卜、秋萝卜、四季萝卜、一年到头都有。可生食、煮食、腌制。萝卜所惠于中国人者亦大矣。美国有小红萝卜，大如元宵，皮色鲜红可爱，吃起来则淡而无味。异域得此，聊胜于无。爱伦堡小说写几个艺术家吃奶油蘸萝卜，喝伏特加，不知是不是这种红萝卜。我在爱荷华南朝鲜人开的菜铺的仓库里看到一堆心里美，大喜。买回来一吃，味道满不对，形似而已，日本人爱吃萝卜，好像是煮熟蘸酱吃的。

豆 腐

豆腐点得比较老的，为北豆腐。听说张家口地区有一个堡里的豆腐能用秤钩钩起来，扛着秤杆走几十里路。这是豆腐么？点的较嫩的是南豆腐，再嫩即为豆腐脑。比豆腐脑稍老一点的，有北京的“老豆腐”和四川的豆花。比豆腐脑更嫩的是湖南的水豆腐。

豆腐压紧成型，是豆腐干。

卷在白布层中压成大张的薄片，是豆腐片。东北叫干豆腐。压得紧而且更薄的，南方叫百页或千张。

豆浆锅的表面凝结的一层薄皮撩起晾干，叫豆腐皮，或叫油皮。我的家乡则简单地叫做皮子。

豆腐最简便的吃法是拌。买回来就能拌。或入开水锅略烫，去豆腥气。不可久烫，久烫则豆腐收缩发硬。香椿拌豆腐是拌豆腐里的上上品。嫩香椿头，芽叶未舒，颜色紫赤，嗅之香气扑鼻，入开水稍烫，梗叶转为碧绿，捞出，揉以细盐，候冷，切为碎末，与豆腐同拌（以南豆腐为佳)，下香油数滴。一箸入口，三春不忘。香椿头只卖得数日，过此则叶绿梗硬，香气大减。其次是小葱拌豆腐。北京有歇后语：“小葱拌豆腐——一青二白”，可见这是北京人家家都吃的小菜。拌豆腐特宜小葱，小葱嫩，香。葱粗如指，以拌豆腐，滋味即减。我和林斤澜在武夷山，住一招待所。斤澜爱吃拌豆腐，招待所每餐皆上拌豆腐一大盘，但与豆腐同拌的是青蒜。青蒜炒回锅肉甚佳，以拌豆腐，配搭不当。北京人有用韭菜花、青椒糊拌豆腐的，这是侉吃法，南方人不敢领教。而南方人吃的松花蛋拌豆腐，北方人也觉得岂有此理。这是一道上海菜，我第一次吃到却是在香港的一家上海饭馆里，是吃阳澄湖大闸蟹之前的一道凉菜。北豆腐、松花蛋切成小骰子块，同拌，无姜汁蒜泥，只少放一点盐而已。好吃么？用上海话说：蛮崭格！用北方话说：旱香瓜——另一个味儿。咸鸭蛋拌豆腐也是南方菜，但必须用敝乡所产“高邮咸蛋”。高邮咸蛋蛋黄色如朱砂，多油，和豆腐拌在一起，红白相间，只是颜色即可使人胃口大开。别处的咸鸭蛋，尤其是北方的，蛋黄色浅，又无油，却不中吃。

烧豆腐大体可分为两大类：用油煎过再加料烧的；不过油煎的。

北豆腐切成厚二分的长方块，热锅温油两面煎。油不必多，因豆腐不吃油。最好用平底锅煎。不要煎得太老，稍结薄壳，表面发皱，即可铲出，是名“虎皮”。用已备好的肥瘦各半熟猪肉，切大片，下锅略煸，加葱、姜、蒜、酱油、绵白糖，兑入原猪肉汤，将豆腐推入，加盖猛火煮二三开，即放小火咕嘟。约十五分钟，收汤，即可装盘。这就是“虎皮豆腐”。如加冬菇、虾米、辣椒及豆豉即是“家乡豆腐”。或加菌油，即是湖南有名的“菌油豆腐”——菌油豆腐也有不用油煎的。

“文思和尚豆腐”是清代扬州有名的素菜，好几本菜谱有著录，但我在扬州一带的寺庙和素菜馆的菜单上都没有见到过。不知道文思和尚豆腐是过油煎了的，还是不过油煎的。我无端地觉得是油煎了的，而且无端地觉得是用黄豆芽吊汤，加了上好的口蘑或香蕈、竹笋，用极好秋油，文火熬成。什么时候材料凑手，我将根据想象，试做一次文思和尚豆腐。我的文思和尚豆腐将是素菜荤做，放猪油，放虾籽。

虎皮豆腐切大片，不过油煎的烧豆腐则宜切块，六七分见方。北方小饭铺里肉末烧豆腐，是常备菜。肉末烧豆腐亦称家常豆腐。烧豆腐里的翘楚，是麻婆豆腐。相传有陈婆婆，脸上有几粒麻子，在乡场上摆一个饭摊，挑油的脚夫路过，常到她的饭摊上吃饭，陈婆婆把油桶底下剩的油刮下来，给他们烧豆腐。后来大人先生也特意来吃她烧的豆腐。于是麻婆豆腐名闻遐迩。陈麻婆是个值得纪念的人物，中国烹饪史上应为她大书一笔，因为麻婆豆腐确实很好吃。做麻婆豆腐的要领是：一要油多。二要用牛肉末。我曾做过多次麻婆豆腐，都不是那个味儿，后来才知道我用的是瘦猪肉末。牛肉末不能用猪肉末代替。三是要用郫县豆瓣。豆瓣须剁碎。四是要用文火，俟汤汁渐渐收入豆腐，才起锅。五是起锅时要撒一层川花椒末。一定得用川花椒，即名为“大红袍”者。用山西、河北花椒，味道即差。六是盛出就吃。如果正在喝酒说话，应该把说话的嘴腾出来。麻婆豆腐必须是：麻、辣、烫。

昆明最便宜的小饭铺里有小炒豆腐。猪肉末，肥瘦，豆腐捏碎，同炒，加酱油，起锅时下葱花。这道菜便宜，实惠，好吃。不加酱油而用盐，与番茄同炒，即为番茄炒豆腐。番茄须烫过，撕去皮，炒至成酱，番茄汁渗入豆腐，乃佳。

砂锅豆腐须有好汤，骨头汤或肉汤，小火炖，至豆腐起蜂窝，方好。砂锅鱼头豆腐，用花鲢（即胖头鱼）头，劈为两半，下冬菇、扁尖（腌青笋）、海米，汤清而味厚，非海参鱼翅可及。

“汪豆腐”好像是我的家乡菜。豆腐切成指甲盖大的小薄片，推入虾子酱油汤中，滚几开，勾薄芡，盛大碗中，浇一勺熟猪油，即得。叫做“汪豆腐”，大概因为上面泛着一层油。用勺舀了吃。吃时要小心，不能性急，因为很烫。滚开的豆腐，上面又是滚开的油，吃急了会烫坏舌头。我的家乡人喜欢吃烫的东西，语云：“一烫抵三鲜。”乡下人家来了客，大都做一个汪豆腐应急。周巷汪豆腐很有名。我没有到过周巷，周巷汪豆腐好，我想无非是虾子多，油多。近年高邮新出一道名菜：雪花豆腐，用盐，不用酱油。我想给家乡的厨师出个主意：加入蟹白（雄蟹白的油即蟹的精子），这样雪花豆腐就更名贵了。

不知道为什么，北京的老豆腐现在见不着了，过去卖老豆腐的摊子是很多的。老豆腐其实并不老，老，也许是和豆腐脑相对而言。老豆腐的作料很简单：芝麻酱、腌韭菜末。爱吃辣的浇一勺青椒糊。坐在街边摊头的矮脚长凳上，要一碗老豆腐，就半斤旋烙的大饼，夹一个薄脆，是一顿好饭。

四川的豆花是很妙的东西，我和几个作家到四川旅游，在乐山吃饭。几位作家都去了大馆子，我和林斤澜钻进一家只有穿草鞋的乡下人光顾的小店，一人要了一碗豆花。豆花只是一碗白汤，啥都没有。豆花用筷子夹出来，蘸“味碟”里的作料吃。味碟里主要是豆瓣。我和斤澜各吃了一碗热腾腾的白米饭，很美。豆花汤里或加切碎的青菜，则为“菜豆花”。北京的豆花庄的豆花乃以鸡汤煨成，过于讲究，不如乡坝头的豆花存其本味。

北京的豆腐脑过去浇羊肉口蘑渣熬成的卤。羊肉是好羊肉，口蘑渣是碎黑片蘑，还要加一勺蒜泥水。现在的卤，羊肉极少，不放口蘑，只是一锅稠糊糊的酱油黏汁而已。即便是过去浇卤的豆腐脑，我觉得也不如我们家乡的豆腐脑。我们那里的豆腐脑温在紫铜扁钵的锅里，用紫铜平勺盛在碗里，加秋油、滴醋、一点点麻油，小虾米、榨菜末、芹菜（药芹即水芹菜）末。清清爽爽，而多滋味。

中国豆腐的做法多矣，不胜记载。四川作家高缨请我们在乐山的山上吃过一次豆腐宴，豆腐十好几样，风味各别，不相雷同。特别是豆腐的质量极好。掌勺的老师傅从磨豆腐到烹制，都是亲自为之，绝不假手旁人。这一顿豆腐宴可称寰中一绝！

豆腐干南北皆有。北京的豆腐干比较有特点的是熏干。熏干切长片拌芹菜，很好。熏干的烟熏味和芹菜的芹菜香相得益彰。花干、苏州干是从南边传过来的，北京原先没有。北京的苏州干只是用味精取鲜，苏州的小豆腐干是用酱油、糖、冬菇汤煮出后晾得半干的，味长而耐嚼。从苏州上车，买两包小豆腐干，可以一直嚼到郑州。香干亦称茶干。我在小说《茶干》中有较细的描述：

……豆腐出净渣，装在一个小蒲包里，包口扎紧，入锅，码好，投料，加上好香油，上面用石头压实，文火煨煮，要煮很长时间。煮得了，再一块一块从蒲包里倒出来，这种茶干是圆形的，周围较厚，中间较薄，周身有蒲包压出来的细纹，……这种茶干外皮是深紫色的，掰了，里面是浅褐色的。很结实，嚼起来很有咬劲，越嚼越香，是佐茶的妙品，所以，叫做“茶干”。

茶干原出界首镇，故称“界首茶干”。据说乾隆南巡，过界首，曾经品尝过。

干丝是淮扬名菜。大方豆腐干，快刀横披为片，刀工好的师傅一块豆腐干能片十六片；再立刀切为细丝。这种豆腐干是特制的，极坚致，切丝不断，又绵软，易吸汤汁。旧本只有拌干丝。干丝入开水略煮，捞出后装高足浅碗，浇麻油酱醋。青蒜切寸段，略焯，五香花生米搓去皮，同拌，尤妙。煮干丝的兴起也就是五六十年的事。干丝母鸡汤煮，加开阳（大虾米），火腿丝。我很留恋拌干丝，因为味道清爽，现在只能吃到煮干丝了。干丝本不是“菜”，只是吃包子烧麦的茶馆里，在上点心之前喝茶时的闲食。现在则是全国各地淮扬菜系的饭馆里都预备了。我在北京常做煮干丝，成了我们家的保留节目。北京很少遇到大白豆腐干，只能用豆腐片或百页切丝代替。口感稍差，味道却不逊色，因为我的煮干丝里下了干贝。煮干丝没有什么诀窍，什么鲜东西都可往里搁。干丝上桌前要放细切的姜丝，要嫩姜。

臭豆腐是中国人的一大发明。我在上海、武汉都吃过。长沙火宫殿的臭豆腐毛泽东年轻时常去吃。后来回长沙，又特意去吃了一次，说了一句话：“火宫殿的臭豆腐还是好吃。”这就成了“最高指示”，写在照壁上。火宫殿的臭豆腐遂成全国第一。油炸臭豆腐干，宜放辣椒酱、青蒜。南京夫子庙的臭豆腐干是小方块，用竹签像冰糖葫芦似的串起来卖，一串八块。昆明的臭豆腐不用油炸，在炭火盆上搁一个铁箅子，臭豆腐干放在上面烤焦，别有风味。

在安徽屯溪吃过霉豆腐，长条豆腐，长了二寸长的白色的绒毛，在平底锅中煎熟，蘸酱油辣椒青蒜吃。凡到屯溪者，都要去尝尝。

豆腐乳各地都有。我在江西进贤参加土改，那里的农民家家都做腐乳。进贤原来很穷，没有什么菜吃，顿顿都用豆腐乳下饭。做豆腐乳，放大量辣椒面，还放柚子皮，味道非常强烈，广西桂林、四川忠县、云南路南所出豆腐乳都很有名，各有特点。腐乳肉是苏州松鹤楼的名菜，肉味浓醇，入口即化。广东点心很多都放豆腐乳，叫做“南乳××饼”。

南方人爱吃百页。百页结烧肉是宁波、上海人家常吃的菜。上海老城隍庙的小吃店里卖百页结：百页包一点肉馅，打成结，煮在汤里，要吃，随时盛一碗。一碗也就是四五只百页结。北方的百页缺韧性，打不成结，一打结就断。百页可入臭卤中腌臭，谓之“臭干张”。

杭州知味观有一道名菜：炸响铃。豆腐皮（如过干，要少润一点水），瘦肉剁成细馅，加葱花细姜末，入盐，把肉馅包在豆腐皮内，成一卷，用刀剁成寸许长的小段，下油锅炸得馅熟皮酥，即可捞出。油温不可太高，太高豆皮易糊。这菜嚼起来发脆响，形略似铃，故名响铃。做法其实并不复杂。肉剁极碎，成泥状（最好用刀背剁），平摊在豆腐皮上，折叠起来，如小钱包大，入油炸，亦佳。不入油炸，而以酱油冬菇汤煮，豆皮层中有汁，甚美。北京东安市场拐角处解放前有一家肉店宝华春，兼卖南味熟肉，卖一种酒菜：豆腐皮切细条，在酱肉汤中煮透，捞出，晾至微干，很好吃，不贵。现在宝华春已经没有了。豆腐皮可做汤。炖酥腰（猪腰炖汤）里放一点豆腐皮，则汤色雪白。

午门忆旧

北京解放前夕，一九四八年夏天到一九四九年春天，我曾在午门的历史博物馆工作过一段时间。

午门是紫禁城总体建筑的一个重要的组成部分。这是故宫的正门，是真正的“宫门”。进了天安门、端门，这只是宫廷的“前奏”，进了午门，才算是进了宫。有午门，没有午门，是不大一样的，没有午门，进天安门、端门，直接看到三大殿，就太敞了，好像一件衣裳没有领子。有午门当中一隔，后面是什么，都瞧不见，这才显得宫里神秘庄严，深不可测。

午门的建筑是很特别的。下面是一个凹形的城台。城台上正面是一座九间重檐庑殿顶的城楼；左右有重檐的方亭四座。城楼和这四座正方的亭子之间，有廊庑相连属，稳重而不笨拙，玲珑而不纤巧，极有气派，俗称为“五凤楼”。在旧戏里，五凤楼成了皇宫的代称。《草桥关》里姚期唱：“到来朝陪王在那五凤楼”，《珠帝寨》里程敬思唱道："为千岁懒登五凤楼"，指的就是这里。实际上姚期和程敬思都是不会登上五凤楼的。楼不但大臣上不去，就是皇帝也很少上去。

午门有什么用呢？旧戏和评书里常有一句话："推出午门斩首！"哪能呢！这是编戏编书的人想象出来的。午门的用处大概有这么三项：一是逢什么大典时，皇上登上城楼接见外国使节。曾见过一幅紫铜的版刻，刻的就是这一盛典。外国使节、满汉官员，分班肃立，极为隆重。是哪一位皇上，庆的是何节日，已经记不清了。其次是献俘。打了胜仗（一般都是镇压了少数民族），要把俘虏（当然不是俘虏的全部，只是代表性的人物）押解到京城来。献俘本来应该在太庙。《清会典·礼部》："解送俘囚至京师，钦天监择日献俘于太庙社稷。"但据熟悉掌故的同志说，在午门。到时候皇上还要坐到城楼亲自过过目。究竟在哪里，余生也晚，未能亲历，只好存疑。第三，大概是午门最有历史意义，也最有戏剧性的故实，是在这里举行廷杖。廷杖，顾名思义，是在朝廷上受杖。不过把一位大臣按在太和殿上打屁股，也实在不大像样子，所以都在午门外举行。廷杖是对廷臣的酷刑。据朱国桢《涌幢小品》，廷杖始于唐玄宗时。但是盛行似在明代。原来不过是"意思意思"。《涌幢小品》说："成化以前，凡廷杖者不去衣，用厚棉底衣，毛毡迭帊，示辱而已。”穿了厚棉裤，又垫着几层毡子，打起来想必不会太疼。但就这样也够呛，挨打以后，要“卧床数日，而后得愈”。“正德初年，逆瑾（刘瑾）用事，恶廷臣，始去衣。”——那就说脱了裤子，露出屁股挨打了。“遂有杖死者。”掌刑的是“厂卫”。明朝宦官掌握的特务机关有东厂、西厂，后来又有中行厂。廷杖在午门外进行，抡杖的该是中行厂的锦衣卫。五凤楼下，血肉横飞，是何景象？

不知从什么时候起，五凤楼就很少有人上去。“马道”的门锁着。民国以后，在这里建立了历史博物馆。据历史博物馆的老工友说，建馆后，曾经修缮过一次，从城楼的天花板上扫出了一些烧鸡骨头、荔枝壳和桂圆壳。他们说，这是“飞贼”留下来的。北京的“飞贼”做了案，就到五凤楼天花板上藏着，谁也找不着——那倒是，谁能搜到这样的地方呢？老工友们说，“飞贼”用一根麻绳，一头系一个大铁钩，一甩麻绳，把铁钩搭在城垛子上，三把两把，就“就”上来了。这种情形，他们谁也不会见过，但是言之凿凿。这种燕子李三式的人物引起老工友们美丽的向往，因为他们都已经老了，而且有的已经半身不遂。

“历史博物馆”名目很大，但是没有多少藏品，东边的马道里有两尊“将军炮”，是很大的铜炮，炮管有两丈多长。一尊叫做“武威将军炮”，另一尊叫什么将军炮，忘了，据说张勋复辟时曾起用过两尊将军炮，有的老工友说他还听到过军令：“传武威将军炮！” “传××将军炮！”是谁传？张勋，还是张勋的对立面？说不清。马道拐角处有一架李大钊烈士就义的绞刑机。据说这架绞刑机是德国进口的，只用过一次。为什么要把这东西陈列在这里呢？我们在写说明卡片时，实在不知道如何下笔。

城楼（我们习惯叫做“正殿”）里保留了皇上的宝座。两边铁架子上挂着十多件袁世凯祭孔用的礼服，黑缎的面料，白领子，式样古怪，道袍不像道袍。这一套服装为什么陈列在这里，也莫名其妙。

四个方亭子陈列的都是没有多大价值，也不值什么钱的文物：不知道来历的墓志、烧瘫在“匣”里的钧窑瓷碗、清代的“黄册”（为征派赋役编造的户口册），殿试的卷子、大臣的奏折……西北角一间亭子里陈列的东西却有点特别，是多种刑具。有两把杀人用的鬼头刀，都只有一尺多长。我这才知道杀头不是用力把脑袋砍下来，而是用“巧劲”把脑袋“切”下来。最引人注意的是一套凌迟用的刀具，装在一个木匣里，有一二十把，大小不一。还有一把细长的锥子。据说受凌迟的人挨了很多刀，还不会死，最后要用这把锥子刺穿心脏，才会气绝。中国的剐刑搞得这样精细而科学，真是令人叹为观止。

整天和一些价值不大、不成系统的文物打交道，真正是“抱残守缺”。日子过得倒是蛮清闲的。白天检查检查仓库，更换更换说明卡片，翻翻资料，都是可做可不做的事情。下班后，到左掖门外筒子河边看看算卦的算卦，——河边有好几个卦摊；看人叉鱼，——叉鱼的沿河走，捏着鱼叉，欻地一叉下去，一条二尺来长的黑鱼就叉上来了。到了晚上，天安门、端门、左右掖门都关死了，我就到屋里看书。我住的宿舍在右掖门旁边，据说原是锦衣卫——就是执行廷杖的特务值宿的房子。四处无声，异常安静。我有时走出房门，站在午门前的石头坪场上，仰看满天星斗，觉得全世界都是凉的，就我这里一点是热的。

北平一解放，我就告别了午门，参加四野南下工作团南下了。从此就再也没有到午门去看过，不知道午门现在是什么样子。

有一件事可以记一记。解放前一天，我们正准备迎接解放。来了一个人，说：“你们赶紧收拾收拾，我们还要办事呢！”他是想在午门上登基。这人是个疯子。

自得其乐

孙犁同志说写作是他的最好的休息。是这样。一个人在写作的时候是最充实的时候，也是最快乐的时候。凝眸既久（我在构思一篇作品时，我的孩子都说我在翻白眼），欣然命笔，人在一种甜美的兴奋和平时没有的敏锐之中，这样的时候，真是虽南面王不与易也。写成之后，觉得不错，提刀却立，四顾踌躇，对自己说："你小子还真有两下子！"此乐非局外人所能想象。但是一个人不能从早写到晚，那样就成了一架写作机器，总得岔乎岔乎，找点事情消遣消遣，通常说，得有点业余爱好。

我年轻时爱唱戏。起初唱青衣，梅派；后来改唱余派老生。大学三四年级唱了一阵昆曲，吹了一阵笛子。后来到剧团工作，就不再唱戏吹笛子了，因为剧团有许多专业名角，在他们面前吹唱，真成了班门弄斧，还是以藏拙为好。笛子本来还可以吹吹，我的笛风甚好，是"满口笛"，但是后来没法再吹，因为我的牙齿陆续掉光了，撒风漏气。

这些年来我的业余爱好，只有：写写字、画画画、做做菜。

我的字照说是有些基本功的。当然从描红模子开始。我记得我描的红模子是："暮春三月，江南草长，杂花生树，群莺乱飞。"这十六个字其实是很难写的，也许是写红模子的先生故意用这些结体复杂的字来折磨小孩子，而且红模子底子是欧字，这就更难落笔了。不过这也有好处，可以让孩子略窥笔意，知道字是不可以乱写的。大概在我十一二岁的时候，那年暑假，我的祖父忽然高了兴，要亲自教我《论语》，并日课大字一张，小字二十行。大字写《圭峰碑》，小字写《闲邪公家传》，这两本帖都是祖父从他的藏帖中选出来的。祖父认为我的字有点才分，奖了我一块猪肝紫端砚，是圆的，并且拿了几本初拓的字帖给我，让我常看看。我记得有小字《麻姑仙坛》、虞世南的《夫子庙堂碑》、褚遂良的《圣教序》。小学毕业的暑假，我在三姑父家从一个姓韦的先生读桐城派古文，并跟他学写字。韦先生是写魏碑的，但他让我临的却是《多宝塔》。初一暑假，我父亲拿了一本影印的《张猛龙碑》，说："你最好写写魏碑，这样字才有骨力。"我于是写了相当长时期《张猛龙》。用的是我父亲选购来的特殊的纸。这种纸是用稻草做的，纸质较粗，也厚，写魏碑很合适，用笔须沉着，不能浮滑。这种纸一张有二尺高，尺半宽，我每天写满一张。写《张猛龙》使我终身受益，到现在我的字的间架用笔还能看出痕迹。这以后，我没有认真临过帖，平常只是读帖而已。我于二王书未窥门径。写过一个很短时期的《乐毅论》，放下了，因为我很懒。《行穰》、《丧乱》等帖我很欣赏，但我知道我写不来那样的字。我觉得王大令的字的确比王右军写得好。读颜真卿的《祭侄文》，觉得这才是真正的颜字，并且对颜书从二王来之说很信服。大学时，喜读宋四家。有人说中国书法一坏于颜真卿，二坏于宋四家，这话有道理。但我觉得宋人字是书法的一次解放，宋人字的特点是少拘束，有个性，我比较喜欢蔡京和米芾的字（苏东坡字太俗，黄山谷字做作）。有人说米字不可多看，多看则终身摆脱不开，想要升入晋唐，就不可能了。一点不错。但是有什么办法呢！打一个不太好听的比方，一写米字，犹如寡妇失了身，无法挽回了。我现在写的字有点《张猛龙》的底子、米字的意思，还加上一点乱七八糟的影响，形成我自己的那么一种体，格韵不高。

我也爱看汉碑。临过一遍《张迁碑》，《石门铭》、《西狭颂》看看而已。我不喜欢《曹全碑》。盖汉碑好处全在筋骨开张，意态从容，《曹全碑》则过于整饬了。

我平日写字，多是小条幅，四尺宣纸一裁为四。这样把书桌上书籍信函往边上推推，摊开纸就能写了。正儿八经地拉开案子，铺了画毡，着意写字，好像练了一趟气功，是很累人的。我都是写行书。写真书，太吃力了。偶尔也写对联。曾在大理写了一副对子：

苍山负雪
洱海流云

字大径尺。字少，只能体兼隶篆。那天喝了一点酒，字写得飞扬霸悍，亦是快事。对联字稍多，则可写行书。为武夷山一招待所写过一副对子：

四围山色临窗秀
一夜溪声入梦清

字颇清秀，似明朝人书。

我画画，没有真正的师承。我父亲是个画家，画写意花卉，我小时爱看他画画，看他怎样布局（用指甲或笔杆的一头划几道印子），画花头，定枝梗，布叶，勾筋，收拾，题款，盖印。这样，我对用墨、用水、用色，略有领会。我从小学到初中，都“以画名”。初二的时候，画了一幅墨荷，裱出后挂在成绩展览室里。这大概是我的画第一次上裱。我读的高中重数理化，功课很紧，就不再画画。大学四年，也极少画画。工作之后，更是久废画笔了。当了右派，下放到一个农业科学研究所，结束劳动后，倒画了不少画，主要的“作品”是两套植物图谱，一套《中国马铃薯图谱》、一套《口蘑图谱》，一是淡水彩，一是钢笔画。摘了“帽子”回京，到剧团写剧本，没有人知道我能画两笔。重拈画笔，是运动促成的。运动中没完没了地写交待，实在是烦人，于是买了一刀元书纸，于写交待之空隙，瞎抹一气，少抒郁闷。这样就一发而不可收，重新拾起旧营生。有的朋友看见，要了去，挂在屋里，被人发现了，于是求画的人渐多。我的画其实没有什么看头，只是因为是作家的画，比较别致而已。

我也是画花卉的。我很喜欢徐青藤、陈白阳，喜欢李复堂，但受他们的影响不大。我的画不中不西，不今不古，真正是“写意”，带有很大的随意性。曾画了一幅紫藤，满纸淋漓，水汽很足，几乎不辨花形。这幅画现在挂在我的家里。我的一个同乡来，问：“这画画的是什么？”我说是：“骤雨初晴。”他端详了一会，说：“哎，经你一说，是有点那个意思！”他还能看出彩墨之间的一些小块空白，是阳光。我常把后期印象派方法融入国画。我觉得中国画本来都是印象派，只是我这样做，更是有意识的而已。

画中国画还有一种乐趣，是可以在画上题诗，可寄一时意兴，抒感慨，也可以发一点牢骚，曾用干笔焦墨在浙江皮纸上画冬日菊花，题诗代简，寄给一个老朋友，诗是：

新沏清茶饭后烟，
自搔短发负晴暄。
枝头残菊开还好，
留得秋光过小年。

为宗璞画牡丹，只占纸的一角，题曰：

人间存一角，
聊放侧枝花。
欣然亦自得，
不共赤城霞。

宗璞把这首诗念给冯友兰先生听了，冯先生说：“诗中有人。”

今年洛阳春寒，牡丹至期不开。张抗抗在洛阳等了几天，败兴而归，写了一篇散文《牡丹的拒绝》。我给她画了一幅画，红叶绿花，并题一诗：

看朱成碧且由他，
大道从来直似斜。
见说洛阳春索寞，
牡丹拒绝著繁花。

我的画，遣兴而已，只能自己玩玩，送人是不够格的。最近请人刻一闲章："只可自怡悦"，用以押角，是实在话。

体力充沛，材料凑手，做几个菜，是很有意思的。做菜，必须自己去买菜。提一菜筐，逛逛菜市，比空着手遛弯儿要"好白相"。到一个新地方，我不爱逛百货商场，却爱逛菜市，菜市更有生活气息一些。买菜的过程，也是构思的过程。想炒一盘雪里蕻冬笋，菜市场冬笋卖完了，却有新到的荷兰豌豆，只好临时"改戏"。做菜，也是一种轻量的运动。洗菜，切菜，炒菜，都得站着（没有人坐着炒菜的），这样对成天伏案的人，可以改换一下身体的姿势，是有好处的。

做菜待客，须看对象。聂华苓和保罗·安格尔夫妇到北京来，中国作协不知是哪一位，忽发奇想，在宴请几次后，让我在家里做几个菜招待他们，说是这样别致一点。我给做了几道菜，其中有一道煮干丝。这是淮扬菜。华苓是湖北人，年轻时是吃过的。但在美国不易吃到。她吃得非常惬意，连最后剩的一点汤都端起碗来喝掉了。不是这道菜如何稀罕，我只是有意逗引她的故国乡情耳。台湾女作家陈怡真（我在美国认识她），到北京来，指名要我给她做一回饭。我给她做了几个菜。一个是干贝烧小萝卜。我知道台湾没有“杨花萝卜”（只有白萝卜）。那几天正是北京小萝卜长得最足最嫩的时候。这个菜连我自己吃了都很惊诧：味道鲜甜如此！我还给她炒了一盘云南的干巴菌。台湾咋会有干巴菌呢？她吃了，还剩下一点，用一个塑料袋包起，说带到宾馆去吃。如果我给云南人炒一盘干巴菌，给扬州人煮一碗干丝，那就成了鲁迅请曹靖华吃柿霜糖了。

做菜要实践，要多吃，多问，多看（看菜谱），多做。一个菜点得试烧几回，才能掌握咸淡火候。冰糖肘子、乳腐肉，何时炽软入味，只有神而明之，但是更重要的是要富于想象。想得到，才能做得出。我曾用家乡拌荠菜法凉拌菠菜。半大菠菜（太老太嫩都不行），入开水锅焯至断生，捞出，去根切碎，入少盐，挤去汁，与香干（北京无香干，以熏干代）细丁、虾米、蒜末、姜末一起，在盘中抟成宝塔状，上桌后淋以麻酱油醋，推倒拌匀。有余姚作家尝后，说是“很像马兰头”。这道菜成了我家待不速之客的应急的保留节目。有一道菜，敢称是我的发明：塞肉回锅油条。油条切段，寸半许长，肉馅剁至成泥，入细葱花、少量榨菜或酱瓜末拌匀，塞入油条段中，入半开油锅重炸。嚼之酥碎，真可声动十里人。

我很欣赏《杨恽报孙会宗书》："田彼南山，芜秽不治。种一顷豆，落而为萁。人生行乐耳，须富贵何时"；"人生行乐耳，须富贵何时"，说得何等潇洒。不知道为什么，汉宣帝竟因此把他腰斩了，我一直想不透。这样的话，也不许说么？

随遇而安

我当了一回右派，真是三生有幸。要不然我这一生就更加平淡了。

我不是一九五七年打成右派的，是一九五八年“补课”补上的，因为本系统指标不够。划右派还要有“指标”，这也有点奇怪。这指标不知是一个什么人所规定的。

一九五七年我曾经因为一些言论而受到批判，那是作为思想问题来批判的。在小范围内开了几次会，发言都比较温和，有的甚至可以说很亲切。事后我还是照样编刊物，主持编辑部的日常工作，还随单位的领导和几个同志到河南林县调查过一次民歌。那次出差，给我买了一张软席卧铺车票，我才知道我已经享受“高干”待遇了。第一次坐软卧，心里很不安。我们在洛阳吃了黄河鲤鱼，随即到林县的红旗渠看了两三天。凿通了太行山，把漳河水引到河南来，水在山腰的石渠中活活地流着，很叫人感动。收集了不少民歌。有的民歌很有农民式的浪漫主义的想象，如想到将来渠里可以有“水猪”、“水羊”，想到将来少男少女都会长得很漂亮。上了一次中岳嵩山。这里运载石料的交通工具主要是用人力拉的排子车，特别处是在车上装了一面帆，布帆受风，拉起来轻快得多。帆本是船上用的，这里却施之陆行的板车上，给我十分新鲜的印象。我们去的时候正是桐花盛开的季节，漫山遍野摇曳着淡紫色的繁花，如同梦境。从林县出来，有一条小河。河的一面是峭壁，一面是平野，岸边密植杨柳，河水清澈，沁人心脾。我好像曾经见过这条河，以后还会看到这样的河。这次旅行很愉快，我和同志们也相处得很融洽，没有一点隔阂，一点别扭。这次批判没有使我觉得受了伤害，没有留下阴影。

一九五八年夏天，一天（我这人很糊涂，不记日记，许多事都记不准时间），我照常去上班，一上楼梯，过道里贴满了围攻我的大字报。要拔掉编辑部的“白旗”，措辞很激烈，已经出现“右派”字样。我顿时傻了。运动，都是这样：突然袭击。其实背后已经策划了一些日子，开了几次会，做了充分的准备，只是本人还蒙在鼓里，什么也不知道。这可以说是暗算。但愿这种暗算以后少来，这实在是很伤人的。如果当时量一量血压，一定会猛然增高。我是有实际数据的。“文化大革命”中我一天早上看到一批侮辱性的大字报，到医务所量了量血压，低压110，高压170。平常我的血压是相当平稳正常的，90—130。我觉得卫生部应该发一个文件：为了保障人民的健康，不要再搞突然袭击式的政治运动。

开了不知多少次批判会。所有的同志都发了言。不发言是不行的。我规规矩矩地听着，记录下这些发言。这些发言我已经完全都忘了，便是当时也没有记住，因为我觉得这好像不是说的我，是说的另外一个别的人，或者是一个根本不存在的，假设的，虚空的对象。有两个发言我还留下印象。我为一组义和团故事写过一篇读后感，题目是《仇恨·轻蔑·自豪》。这位同志说："你对谁仇恨？轻蔑谁？自豪什么？"我发表过一组极短的诗，其中有一首《早春》，原文如下：

（新绿是朦胧的，飘浮在树杪，完全不像是叶子……）

远树绿色的呼吸。

批判的同志说：连呼吸都是绿的了，你把我们的社会主义社会污蔑到了什么程度？！听到这样的批判，我只有停笔不记，愣在那里。我想辩解两句，行么？当时我想：鲁迅曾说费厄泼赖应该缓行，现在本来应该到了可行的时候，但还是不行。中国大概永远没有费厄的时候。

所谓“大辩论”，其实是“大辩认”，他辩你认。稍微辩解，便是“态度问题”。态度好，问题可以减轻；态度不好，加重。问题是问题，态度是态度，问题大小是客观存在，怎么能因为态度如何而膨大或收缩呢？许多错案都是因为本人为了态度好而屈认，而造成的。假如再有运动（阿弥陀佛，但愿真的不再有了），对实事求是、据理力争的同志应予表扬。

开了多次会，批判的同志实在没有多少可说的了。那两位批判“仇恨·轻蔑·自豪”和“绿色的呼吸”的同志当然也知道这样的批判是不能成立的。批判“绿色的呼吸”的同志本人是诗人，他当然知道诗是不能这样引申解释的。他们也是没话找话说，不得已。我因此觉得开批判会对被批判者是过关，对批判者也是过关。他们也并不好受。因此，我当时就对他们没有怨恨，甚至还有点同情。我们以前是朋友，以后的关系也不错。我记下这两个例子，只是说明批判是一出荒诞戏剧，如莎士比亚说，所有的上场的人都只是角色。

我在一篇写右派的小说里写过：“写了无数次检查，听了无数次批判……她不再觉得痛苦，只是非常的疲倦。她想：定一个什么罪名，给一个什么处分都行，只求快一点，快一点过去，不要再开会，不要再写检查。”这是我的亲身体会。其实，问题只是那一些，只要写一次检查，开一次会，甚至一次会不开，就可以定案。但是不，非得开够了“数”不可。原来运动是一种疲劳战术，非得把人搞得极度疲劳，身心交瘁，丧失一切意志，瘫软在地上不可。我写了多次检查，一次比一次更没有内容，更不深刻，但是我知道，就要收场了，因为大家都累了。

结论下来了：定为一般右派，下放农村劳动。

我当时的心情是很复杂的。我在那篇写右派的小说里写道：“……她带着一种奇怪的微笑。”我那天回到家里，见到爱人说：“定成右派了”，脸上就是带着这种奇怪的微笑的。我也不知道我为什么要笑。

我想起金圣叹。金圣叹在临刑前给人写信，说：“杀头，至痛也，而圣叹于无意中得之，亦奇。”有人说这不可靠。金圣叹给儿子的信中说：“字谕大儿知悉，花生米与豆腐干同嚼，有火腿滋味。”有人说这更不可靠。我以前也不大相信，临刑之前，怎能开这种玩笑？现在，我相信这是真实的。人到极其无可奈何的时候，往往会生出这种比悲号更为沉痛的滑稽感，鲁迅说金圣叹“化屠夫的凶残为一笑”，鲁迅没有被杀过头，也没有当过右派，他没有这种体验。

另一方面，我又是真心实意地认为我是犯了错误，是有罪的，是需要改造的。我下放劳动的地点是张家口沙岭子。离家前我爱人单位正在搞军事化，受军事训练，她不能请假回来送我。我留了一个条子："等我五年，等我改造好了回来。"就背起行李，上了火车。

右派的遭遇各不相同，有幸有不幸。我这个右派算是很幸运的，没有受多少罪，我下放的单位是一个地区性的农业科学研究所。所里有不少技师、技术员，所领导对知识分子是了解的，只是在干部和农业工人的组长一级介绍了我们的情况（和我同时下放到这里的还有另外几个人），并没有在全体职工面前宣布我们的问题。不少农业工人（也就是农民）不知道我们是来干什么的，只说是毛主席叫我们下来锻炼锻炼的。因此，我们并未受到歧视。

初干农活，当然很累。像起猪圈、刨冻粪这样的重活，真够一呛。我这才知道"劳动是沉重的负担"这句话的意义，但还是咬着牙挺过来了。我当时想：只要我下一步不倒下来，死掉，我就得拼命地干。大部分的农活我都干过，力气也增长了，能够扛一百七十斤重的一麻袋粮食稳稳地走上和地面成四十五度角那样陡的高坡。后来相对固定在果园上班。果园的活比较轻松，也比"大田"有意思。最常干的活是给果树喷波尔多液。硫酸铜加石灰，对上适量的水，便是波尔多液，颜色浅蓝如晴空，很好看。喷波尔多液是为了防治果树病害，是常年要喷的。喷波尔多液是个细致活。不能喷得太少，太少了不起作用；不能太多，太多了果树叶子挂不住，流了。叶面、叶背都得喷到。许多工人没这个耐心，于是喷波尔多液的工作大部分落在我的头上，我成了喷波尔多液的能手。喷波尔多液次数多了，我的几件白衬衫都变成了浅蓝色。

我们和农业工人干活在一起，吃住在一起。晚上被窝挨着被窝睡在一铺大炕上。农业工人在枕头上和我说了一些心里话，没有顾忌。我这才比较切近地观察了农民，比较知道中国的农村、中国的农民是怎么一回事。这对我确立以后的生活态度和写作态度是很有好处的。

我们在下面也有文娱活动。这里兴唱山西梆子（中路梆子），工人里不少都会唱两句。我去给他们化装。原来唱旦角的都是用粉妆——鹅蛋粉、胭脂、黑锅烟子描眉。我改成用戏剧油彩，这比粉妆要漂亮得多。我勾的脸谱比张家口专业剧团的"黑"（山西梆子谓花脸为"黑"）还要干净讲究。遇春节，沙岭子堡（镇）闹社火，几个年轻的女工要去跑旱船，我用油底浅妆把她们一个个打扮得如花似玉，轰动一堡，几个女工高兴得不得了。我们和几个职工还合演过戏，我记得演过的有小歌剧《三月三》、崔巍的独幕话剧《十六条枪》。一年除夕，在"堡"里演话剧，海报上特别标出一行字：

台上有布景

这里的老乡还没有见过个布景。这布景是我们指导着一个木工做的。演完戏，我还要赶火车回北京。我连装都没卸干净，就上了车。

一九五九年底给我们几个人作鉴定，参加的有工人组长和部分干部。工人组长一致认为：老汪干活不藏奸，和群众关系好，“人性”不错，可以摘掉右派帽子。所领导考虑，才下来一年，太快了，再等一年吧。这样，我就在一九六〇年在交了一个思想总结后，经所领导宣布：摘掉右派帽子，结束劳动。暂时无接收单位，在本所协助工作。

我的“工作”主要是画画。我参加过地区农展会的美术工作（我用多种土农药在展览牌上粘贴出一幅很大的松鹤图，色调古雅，这里的美术中专的一位教员曾特别带着学生来观摩）；我在所里布置过“超声波展览馆”（“超声波”怎样用图像表现？声波是看不见的，没有办法，我就画了农林牧副渔多种产品，上面一律用圆规蘸白粉画了一圈又一圈同心圆）。我的“巨著”，是画了一套《中国马铃薯图谱》。这是所里给我的任务。

这个所有一个下属单位“马铃薯研究站”，设在沽源。为什么设在沽源？沽源在坝上，是高寒地区（有一年下大雪，沽源西门外的积雪跟城墙一般高）。马铃薯本是高寒地带的作物。马铃薯在南方种几年，就会退化，需要到坝上调种。沽源是供应全国薯种的基地，研究站设在这里，理所当然。这里集中了全国各地、各个品种的马铃薯，不下百来种，我在张家口买了纸、颜色、笔，带了在沙岭子新华书店买得的《癸巳类稿》、《十驾斋养新录》和两册《容斋随笔》（沙岭子新华书店进了这几种书也很奇怪，如果不是我买，大概永远也卖不出去），就坐长途汽车，奔向沽源，其时在八月下旬。

我在马铃薯研究站画《图谱》，真是神仙过的日子。没有领导，不用开会，就我一个人，自己管自己。这时正是马铃薯开花，我每天蹬着露水，到试验田里摘几丛花，插在玻璃杯里，对着花描画。我曾经给北京的朋友写过一首长诗，叙述我的生活。全诗已忘，只记得两句：

坐对一丛花，
眸子炯如虎。

下午，画马铃薯的叶子。天渐渐凉了，马铃薯陆续成熟，就开始画薯块。画一个整薯，还要切开来画一个剖面，一块马铃薯画完了，薯块就再无用处，我于是随手埋进牛粪火里，烤烤，吃掉。我敢说，像我一样吃过那么多品种的马铃薯的，全国盖无第二人。

沽源是绝塞孤城。这本来是一个军台。清代制度，大臣犯罪，往往由帝皇批示“发往军台效力”，这处分比充军要轻一些（名曰“效力”，实际上大臣自己并不去，只是闲住在张家口，花钱雇一个人去军台充数）。我于是在《容斋随笔》的扉页上，用朱笔画了一方图章，文曰：

效力军台

白天画画，晚上就看我带去的几本书。

一九六二年初，我调回北京，在北京京剧团担任编剧，直至离休。

摘掉右派分子帽子，不等于不是右派了。“文革”期间，有人来外调，我写了一个旁证材料。人事科的同志在材料上加了批注：

该人是摘帽右派。所提供情况，仅供参考。

我对“摘帽右派”很反感，对“该人”也很反感。“该人”跟“该犯”差不了多少。我不知道我们的人事干部从什么地方学来的这种带封建意味的称谓。

“文化大革命”，我是本单位第一批被揪出来的，因为有“前科”。

“文革”期间给我贴的大字报，标题是：

老右派，新表演

我搞了一些时期“样板戏”，江青似乎很赏识我，于是忽然有一天宣布：“汪曾祺可以控制使用”，这主要当然是因为我曾是右派。在“控制使用”的压力下搞创作，那滋味可想而知。

一直到一九七九年给全国绝大多数右派分子平反，我才算跟右派的影子告别。我到原单位去交材料，并向经办我的专案的同志道谢：“为了我的问题的平反，你们做了很多工作，麻烦你们了，谢谢！”那几位同志说：“别说这些了吧！二十年了！”

有人问我：“这些年你是怎么过来的？”他们大概觉得我的精神状态不错，有些奇怪，想了解我是凭仗什么力量支持过来的。我回答：

“随遇而安。”

丁玲同志曾说她从被划为右派到北大荒劳动，是“逆来顺受”。我觉得这太苦涩了，“随遇而安”，更轻松一些。“遇”，当然是不顺的境遇，“安”，也是不得已。不“安”，又怎么着呢？既已如此，何不想开些。如北京人所说：“哄自己玩儿。”当然，也不完全是哄自己。生活，是很好玩的。

随遇而安不是一种好的心态，这对民族的亲和力和凝聚力是会产生消极作用的。这种心态的产生，有历史的原因（如受老庄思想的影响），本人气质的原因（我就不是具有抗争性格的人），但是更重要的是客观，是“遇”，是环境的，生活的，尤其是政治环境的原因。中国的知识分子是善良的。曾被打成右派的那一代人，除了已经死掉的，大多数都还在努力地工作。他们的工作的动力，一是要证实自己的价值。人活着，总得做一点事。二是对生我养我的故国未免有情。但是，要恢复对在上者的信任，甚至轻信，恢复年轻时的天真的热情，恐怕是很难了。他们对世事看淡了，看透了，对现实多多少少是疏离的。受过伤的心总是有璺的。人的心，是脆的。

这是没有办法的事。

为政临民者，可不慎乎。

多年父子成兄弟

这是我父亲的一句名言。

父亲是个绝顶聪明的人。他是画家，会刻图章，画写意花卉。图章初宗浙派，中年后治汉印。他会摆弄各种乐器，弹琵琶，拉胡琴，笙箫管笛，无一不通。他认为乐器中最难的其实是胡琴，看起来简单，只有两根弦，但是变化很多，两手都要有功夫。他拉的是老派胡琴，弓子硬，松香滴得很厚——现在拉胡琴的松香都只滴了薄薄的一层。他的胡琴音色刚亮。胡琴码子都是他自己刻的，他认为买来的不中使。他养蟋蟀，养金铃子。他养过花，他养的一盆素心兰在我母亲病故那年死了，从此他就不再养花。我母亲死后，他亲手给她做了几箱子冥衣——我们那里有烧冥衣的风俗。按照母亲生前的喜好，选购了各种花素色纸作衣料，单夹皮棉，四时不缺。他做的皮衣能分得出小麦穗、羊羔、灰鼠、狐肷。

父亲是个很随和的人，我很少见他发过脾气，对待子女，从无疾言厉色。他爱孩子，喜欢孩子，爱跟孩子玩，带着孩子玩。我的姑妈称他为“孩子头”。春天，不到清明，他领一群孩子到麦田里放风筝。放的是他自己糊的蜈蚣（我们那里叫“百脚”），是用染了色的绢糊的。放风筝的线是胡琴的老弦。老弦结实而轻，这样风筝可笔直地飞上去，没有“肚儿”。用胡琴弦放风筝，我还未见过第二人。清明节前，小麦还没有“起身”，是不怕践踏的，而且越踏会越长得旺。孩子们在屋里闷了一冬天，在春天的田野里奔跑跳跃，身心都极其畅快。他用钻石刀把玻璃裁成不同形状的小块，再一块一块逗拢，接缝处用胶水粘牢，做成小桥、小亭子、八角玲珑水晶球。桥、亭、球是中空的，里面养了金铃子。从外面可以看到金铃子在里面自在爬行，振翅鸣叫。他会做各种灯。用浅绿透明的“鱼鳞纸”扎了一只纺织娘，栩栩如生。用西洋红染了色，上深下浅的通草做花瓣，做了一个重瓣荷花灯，真是美极了。在小西瓜（这是拉秧的小瓜，因其小，不中吃，叫做“打瓜”或“骂瓜”）上开小口挖净瓜瓤，在瓜皮上雕镂出极细的花纹，做成西瓜灯。我们在这些灯里点了蜡烛，穿街过巷，邻居的孩子都跟过来看，非常羡慕。

父亲对我的学业是关心的，但不强求。我小时了了，国文成绩一直是全班第一。我的作文，时得佳评，他就拿出去到处给人看。我的数学不好，他也不责怪，只要能及格，就行了。他画画，我小时也喜欢画画，但他从不指点我。他画画时，我在旁边看，其余时间由我自己乱翻画谱，瞎抹。我对写意花卉那时还不太会欣赏，只是画一些鲜艳的大桃子，或者我从来没有见过的瀑布。我小时字写得不错，他倒是给我出过一点主意。在我写过一阵《圭峰碑》和《多宝塔》以后，他建议我写写《张猛龙》。这建议是很好的，到现在我写的字还有《张猛龙》的影响。我初中时爱唱戏，唱青衣，我的嗓子很好，高亮甜润。在家里，他拉胡琴，我唱。我的同学有几个能唱戏的。学校开同乐会，他应我的邀请，到学校去伴奏。几个同学都只是清唱。有一个姓费的同学借到一顶纱帽，一件蓝官衣，扮起来唱《朱砂井》，但是没有配角，没有衙役，没有犯人，只是一个赵廉，摇着马鞭在台上走了两圈，唱了一段"群坞县在马上心神不定"便完事下场。父亲那么大的人陪着几个孩子玩了一下午，还挺高兴。我十七岁初恋，暑假里，在家写情书，他在一旁瞎出主意。我十几岁就学会了抽烟喝酒。他喝酒，给我也倒一杯。抽烟，一次抽出两根，他一根我一根，他还总是先给我点上火。我们的这种关系，他人或以为怪。父亲说："我们是多年父子成兄弟。"

我和儿子的关系也是不错的。我戴了"右派分子"

的帽子下放张家口农村劳动，他那时还从幼儿园刚毕业，刚刚学会汉语拼音，用汉语拼音给我写了第一封信。我也只好赶紧学会汉语拼音，好给他写回信。“文化大革命”期间，我被打成“黑帮”，送进“牛棚”。偶尔回家，孩子们对我还是很亲热。我的老伴告诫他们：“你们要和爸爸‘划清界限’。”儿子反问母亲：“那你怎么还给他打酒？”只有一件事，两代之间，曾有分歧。他下放山西忻县“插队落户”，按规定，春节可以回京探亲。我们等着他回来。不料他同时带回了一个同学。他这个同学的父亲是一位正受林彪迫害，搞得人囚家破的空军将领。这个同学在北京已经没有家，按照大队的规定是不能回北京的。但是这孩子很想回北京，在一伙同学的秘密帮助下，我的儿子就偷偷地把他带回来了。他连“临时户口”也不能上，是个“黑人”。我们留他在家住，等于“窝藏”了他，公安局随时可以来查户口，街道办事处的大妈也可能举报。当时人人自危，自顾不暇，儿子惹了这么一个麻烦，使我们非常为难。我和老伴把他叫到我们的卧室，对他的冒失行为表示很不满。我责备他：“怎么事前也不和我们商量一下！”我的儿子哭了，哭得很委屈，很伤心。我们当时立刻明白了：他是对的，我们是错的。我们这种怕担干系的思想是庸俗的。我们对儿子和同学之间的义气缺乏理解，对他的感情不够尊重。他的同学在我们家一直住了四十多天，才离去。

对儿子的几次恋爱，我采取的态度是“闻而不问”。了解，但不干涉。我们相信他自己的选择，他的决定。最后，他悄悄和一个小学时期的女同学好上了，结了婚。有了一个女儿，已近七岁。

我的孩子有时叫我“爸”，有时叫我“老头子”！连我的孙女也跟着叫，我的亲家母说这孩子“没大没小”。我觉得一个现代化的、充满人情味的家庭，首先必须做到“没大没小”。父母叫人敬畏，儿女“笔管条直”，最没有意思。

儿女是属于他们自己的。他们的现在，和他们的未来，都应由他们自己来设计。一个想用自己理想的模式塑造自己的孩子的父亲是愚蠢的，而且，可恶！另外，作为一个父亲，应该尽量保持一点童心。

星斗其文，赤子其人

沈先生逝世后，傅汉斯、张充和从美国电传来一副挽辞。字是晋人小楷，一看就知道是张充和写的。词想必也是她拟的。只有四句：

不折不从　亦慈亦让

星斗其文　赤子其人

这是嵌字格，但是非常贴切，把沈先生的一生概括得很全面。这位四妹对三姐夫沈二哥真是非常了解。——荒芜同志编了一本《我所认识的沈从文》，写得最好的一篇，我以为也应该是张充和写的《三姐夫沈二哥》。

沈先生的血管里有少数民族的血液。他在填履历表时，“民族”一栏里填土家族或苗族都可以，可以由他自由选择。湘西有少数民族血统的人大都有一股蛮劲，狠劲，做什么都要做出一个名堂。黄永玉就是这样的人。

沈先生瘦瘦小小（晚年发胖了），但是有用不完的精力。他小时是个顽童，爱游泳（他叫“游水”）。进城后好像就不游了。三姐（师母张兆和）很想看他游一次泳，但是没有看到。我当然更没有看到过。他少年当兵，漂泊转徙，很少连续几晚睡在同一张床上。吃的东西，最好的不过是切成四方的大块猪肉（煮在豆芽菜汤里）。行军、拉船，锻炼出一副极富耐力的体魄。二十岁冒冒失失地闯到北平来，举目无亲。连标点符号都不会用，就想用手中一支笔打出一个天下。经常为弄不到一点东西“消化消化”而发愁。冬天屋里生不起火，用被子围起来，还是不停地写。我一九四六年到上海，因为找不到职业，情绪很坏，他写信把我大骂了一顿，说：“为了一时的困难，就这样哭哭啼啼的，甚至想到要自杀，真是没出息！你手中有一支笔，怕什么！”他在信里说了一些他刚到北京时的情形。——同时又叫三姐从苏州写了一封很长的信安慰我。他真的用一支笔打出了一个天下了。一个只读过小学的人，竟成了一个大作家，而且积累了那么多的学问，真是一个奇迹。

沈先生很爱用一个别人不常用的词：“耐烦”。他说自己不是天才（他应当算是个天才），只是耐烦。他对别人的称赞，也常说“要算耐烦”。看见儿子小虎搞机床设计时，说“要算耐烦”。看见孙女小红做作业时，也说“要算耐烦”。他的“耐烦”，意思就是锲而不舍，不怕费劲。一个时期，沈先生每个月都要发表几篇小说，每年都要出几本书，被称为“多产作家”，但是写东西不是很快的，从来不是一挥而就。他年轻时常常日以继夜地写。他常流鼻血。血液凝聚力差，一流起来不易止住，很怕人。有时夜间写作，竟致晕倒，伏在自己的一摊鼻血里，第二天才被人发现。我就亲眼看到过他的带有鼻血痕迹的手稿。他后来还常流鼻血，不过不那么厉害了。他自己知道，并不惊慌。很奇怪，他连续感冒几天，一流鼻血，感冒就好了。他的作品看起来很轻松自如，若不经意，但都是苦心刻琢出来的。《边城》一共不到七万字，他告诉我，写了半年。他这篇小说是《国闻周报》上连载的，每期一章。小说共二十一章，$21 \times 7 = 147$，我算了算，差不多正是半年。这篇东西是他新婚之后写的，那时他住在达子营。巴金住在他那里。他们每天写，巴老在屋里写，沈先生搬个小桌子，在院子里树荫下写。巴老写了一个长篇，沈先生写了《边城》。他称他的小说为“习作”，并不完全是谦虚。有些小说是为了教创作课给学生示范而写的，因此试验了各种方法。为了教学生写对话，有的小说通篇都用对话组成，如《若墨医生》；有的，一句对话也没有。《月下小景》确是为了履行许给张家小五的诺言“写故事给你看”而写的。同时，当然是为了试验一下“讲故事”的方法（这一组“故事”明显地看得出受了《十日谈》和《一千零一夜》的影响）。同时，也为了试验一下把六朝译经和口语结合的文体。这种试验，后来形成一种他自己说是“文白夹杂”的独特的沈从文体，在四十年代的文字（如《烛虚》）中尤为成熟。他的亲戚、语言学家周有光曾说“你的语言是古英语”，甚至是拉丁文。沈先生讲创作，不大爱说“结构”，他说是“组织”。我也比较喜欢“组织”这个词。“结构”过于理智，“组织”更带感情，较多作者的主观。他曾把一篇小说一条一条地裁开，用不同方法组织，看看哪一种形式更为合适。沈先生爱改自己的文章。他的原稿，一改再改，天头地脚页边，都是修改的字迹，蜘蛛网似的，这里牵出一条，那里牵出一条。作品发表了，改。成书了，改。看到自己的文章，总要改。有时改了多次，反而不如原来的，以致三姐后来不许他改了（三姐是沈先生文集的一个极其细心、极其认真的义务责任编辑）。沈先生的作品写得最快，最顺畅，改得最少的，只有一本《从文自传》。这本自传没有经过冥思苦想，只用了三个星期，一气呵成。

他不大用稿纸写作。在昆明写东西，是用毛笔写在当地出产的竹纸上的，自己折出印子。他也用钢笔、蘸水钢笔。他抓钢笔的手势有点像抓毛笔（这一点可以证明他不是洋学堂出身）。《长河》就是用钢笔写的，写在一个硬面的练习簿上，直行，两面写。他的原稿的字很清楚，不潦草，但写的是行书。不熟悉他的字体的排字工人是会感到困难的。他晚年写信写文章爱用秃笔淡墨。用秃笔写那样小的字，不但清楚，而且顿挫有致，真是一个功夫。

他很爱他的家乡。他的《湘西》、《湘行散记》和许多篇小说可以作证。他不止一次和我谈起棉花坡，谈起枫树坳——一到秋天满城落了枫树的红叶。一说起来，不胜神往。黄永玉画过一张凤凰沈家门外的小巷，屋顶墙壁颇零乱，有大朵大朵的红花——不知是不是夹竹桃，画面颜色很浓，水汽泱泱。沈先生很喜欢这张画，说："就是这样！"八十岁那年，和三姐一同回了一次凤凰，领着她看了他小说中所写的各处，都还没有大变样。家乡人闻知沈从文回来了，简直不知怎样招待才好。他说："他们为我捉了一只锦鸡！"锦鸡毛羽很好看，他很爱那只锦鸡，还抱着它照了一张相，后来知道竟作了他的盘中餐，对三姐说"真煞风景！"锦鸡肉并不怎么好吃。沈先生说及时大笑，但也表现出对乡人的殷勤十分感激。他在家乡听了傩戏，这是一种古调犹存的很老的弋阳腔。打鼓的是一位七十多岁的老人，他对年轻人打鼓失去旧范很不以为然。沈先生听了，说："这是楚声，楚声！"他动情地听着“楚声”，泪流满面。

沈先生八十岁生日，我曾写了一首诗送他，开头两句是：

犹及回乡听楚声，
此身虽在总堪惊。

端木蕻良看到这首诗，认为“犹及”二字很好。我写下来的时候就有点觉得这不大吉利，没想到沈先生再也不能回家乡听一次了！他的家乡每年有人来看他，沈先生非常亲切地和他们谈话，一坐半天。每当同乡人来了，原来在座的朋友或学生就只有退避在一边，听他们谈话。沈先生很好客，朋友很多。老一辈的有林宰平、徐志摩。沈先生提及他们时充满感情。没有他们的提挈，沈先生也许就会当了警察，或者在马路旁边“瘪了”。我认识他后，他经常来往的有杨振声、张奚若、金岳霖、朱光潜诸先生、梁思成林徽因夫妇。他们的交往真是君子之交，既无朋党色彩，也无酒食征逐。清茶一杯，闲谈片刻。杨先生有一次托沈先生带信，让我到南锣鼓巷他的住处去，我以为有什么事。去了，只是他亲自给我煮一杯咖啡，让我看一本他收藏的姚茫父的册页。这册页的芯子只有火柴盒那样大，横的，是山水，用极富金石味的墨线勾轮廓，设极重的青绿，真是妙品。杨先生对待我这个初露头角的学生如此，则其接待沈先生的情形可知。杨先生和沈先生夫妇曾在颐和园住过一个时期，想来也不过是清晨或黄昏到后山谐趣园一带走走，看看湖里的金丝莲，或写出一张得意的字来，互相欣赏欣赏，其余时间各自在屋里读书做事，如此而已。沈先生对青年的帮助真是不遗余力。他曾经自己出钱为一个诗人出了第一本诗集。一九四七年，诗人柯原的父亲故去，家中拉了一笔债，沈先生提出卖字来帮助他。《益世报》登出了沈从文卖字的启事，买字的可定出规格，而将价款直接寄给诗人。柯原一九八〇年去看沈先生，沈先生才记起有这回事。他对学生的作品细心修改，寄给相熟的报刊，尽量争取发表。他这辈子为学生寄稿的邮费，加起来是一个相当可观的数字。抗战时期，通货膨胀，邮费也不断涨，往往寄一封信，信封正面反面都得贴满邮票。为了省一点邮费，沈先生总是把稿纸的天头地脚页边都裁去，只留一个稿芯，这样分量轻一点。稿子发表了，稿费寄来，他必为亲自送去。李霖灿在丽江画玉龙雪山，他的画都是寄到昆明，由沈先生代为出手的。我在昆明写的稿子，几乎无一篇不是他寄出去的。一九四六年，郑振铎、李健吾先生在上海创办《文艺复兴》，沈先生把我的《小学校的钟声》和《复仇》寄去。这两篇稿子写出已经有几年，当时无地方可发表。稿子是用毛笔楷书写在学生作文的绿格本上的，郑先生收到，发现稿纸上已经叫蠹虫蛀了好些洞，使他大为激动。沈先生对我这个学生是很喜欢的。为了躲避日本飞机空袭，他们全家有一阵住在呈贡新街，后迁跑马山桃源新村。沈先生有课时进城住两三天。他进城时，我都去看他，交稿子，看他收藏的宝贝，借书。沈先生的书是为了自己看，也为了借给别人看的。“借书一痴，还书一痴”，借书的痴子不少，还书的痴子可不多。有些书借出去一去无踪。有一次，晚上，我喝得烂醉，坐在路边，沈先生到一处演讲回来，以为是一个难民，生了病，走近看看，是我！他和两个同学把我扶到他住处，灌了好些酽茶，我才醒过来。有一回我去看他，牙疼，腮帮子肿得老高。沈先生开了门，一看，一句话没说，出去买了几个大橘子抱着回来了。沈先生的家庭是我见到的最好的家庭，随时都在亲切和谐气氛中。两个儿子，小龙、小虎，兄弟怡怡。他们都很高尚清白，无丝毫庸俗习气，无一句粗鄙言语——他们都很幽默，但幽默得很温雅。一家人于钱上都看得很淡。《沈从文文集》的稿费寄到，九千多元，大概开过家庭会议，又从存款中取出几百元，凑成一万，寄到家乡办学。沈先生也有生气的时候，也有极度烦恼痛苦的时候，在昆明，在北京，我都见到过，但多数时候都是笑眯眯的。他总是用一种善意的、含情的微笑，来看这个世界的一切。到了晚年，喜欢放声大笑，笑得合不拢嘴，且摆动双手作势，真像一个孩子。只有看破一切人事乘除，得失荣辱，全置度外，心地明净无渣滓的人，才能这样畅快地大笑。

沈先生五十年代后放下写小说散文的笔（偶然还写一点，笔下仍极活泼，如写纪念陈翔鹤文章，实写得极好），改业钻研文物，而且钻出了很大的名堂，不少中国人、外国人都很奇怪。实不奇怪。沈先生很早就对历史文物有很大兴趣。他写的关于展子虔游春图的文章，我以为是一篇重要文章，从人物服装颜色式样考订图画的年代和真伪，是别的鉴赏家所未注意的方法。他关于书法的文章，特别是对宋四家的看法，很有见地。在昆明，我陪他去遛街，总要看看市招，到裱画店看看字画。昆明市政府对面有一堵大照壁，写满了一壁字（内容已不记得，大概不外是总理遗训），字有七八寸见方大，用二爨掺一点北魏造像题记笔意，白墙蓝字，是一位无名书家写的，写得实在好。我们每次经过，都要去看看。昆明有一位书法家叫吴忠荩，字写得极多，很多人家都有他的字，家家裱画店都有他的刚刚裱好的字。字写得很熟练，行书，只是用笔枯扁，结体少变化。沈先生还去看过他，说“这位老先生写了一辈子字！”意思颇为他水平受到限制而惋惜。昆明碰碰撞撞都可见到黑漆金字抱柱楹联上钱南园的四方大颜字，也还值得一看。沈先生到北京后即喜欢搜集瓷器。有一个时期，他家用的餐具都是很名贵的旧瓷器，只是不配套，因为是一件一件买回来的。他一度专门搜集青花瓷。买到手，过一阵就送人。西南联大好几位助教、研究生结婚时都收到沈先生送的雍正青花的茶杯或酒杯。沈先生对陶瓷赏鉴极精，一眼就知是什么朝代的。一个朋友送我一个梨皮色釉的粗瓷盒子，我拿去给他看，他说："元朝东西，民间窑！"有一阵搜集旧纸，大都是乾隆以前的。多是染过色的，瓷青的、豆绿的、水红的，触手细腻到像煮熟的鸡蛋白外的薄皮，真是美极了。至于茧纸、高丽发笺，那是凡品了（他搜集旧纸，但自己舍不得用来写字。晚年写字用糊窗户的高丽纸，他说："我的字值三分钱"）。

在昆明，搜集了一阵耿马漆盒。这种漆盒昆明的地摊上很容易买到，且不贵。沈先生搜集器物的原则是"人弃我取"。其实这种竹胎的，涂红黑两色漆，刮出极繁复而奇异的花纹的圆盒是很美的。装点心，装花生米，装邮票杂物均合适，放在桌上也是个摆设。这种漆盒也都陆续送人了。客人来，坐一阵，临走时大都能带走一个漆盒。有一阵研究中国丝绸，弄到许多大藏经的封面，各种颜色都有：宝蓝的、茶褐的、肉色的，花纹也是各式各样。沈先生后来写了一本《中国丝绸图案》。有一阵研究刺绣。除了衣服、裙子，弄了好多扇套、眼镜盒、香袋。不知他是从哪里“寻摸”来的。这些绣品的针法真是多种多样。我只记得有一种绣法叫“打子”，是用一个一个丝线疙瘩缀出来的。他给我看一种绣品，叫“七色晕”，用七种颜色的绒绣成一个团花，看了真叫人发晕。他搜集、研究这些东西，不是为了消遣，是从发现、证实中国历史文化的优越这个角度出发的，研究时充满感情。我在他八十岁生日写给他的诗里有一联：

玩物从来非丧志，
著书老去为抒情。

这全是纪实。沈先生提及某种文物时常是赞叹不已。马王堆那副不到一两重的纱衣，他不知说了多少次。刺绣用的金线原来是盲人用一把刀，全凭手感，就金箔上切割出来的。他说起时非常感动。有一个木俑（大概是楚俑）一尺多高，衣服非常特别：上衣的一半（连同袖子）是黑色，一半是红的；下裳正好相反，一半是红的，一半是黑的。沈先生说：“这真是现代派！”如果照这样式（一点不用修改）做一件时装，拿到巴黎去，由一个长身细腰的模特儿穿起来，到表演台上转那么一转，准能把全巴黎都“镇”了！他平生搜集的文物，在他生前全都分别捐给了几个博物馆、工艺美术院校和工艺美术工厂，连收条都不要一个。

沈先生自奉甚薄，穿衣服从不讲究。他在《湘行散记》里说他穿了一件细毛料的长衫，这件长衫我可没见过。我见他时总是一件洗得褪了色的蓝布长衫，夹着一摞书，匆匆忙忙地走。解放后是蓝卡其布或涤卡的干部服，黑灯芯绒的“懒汉鞋”。有一年做了一件皮大衣（我记得是从房东手里买的一件旧皮袍改制的，灰色粗线呢面），他穿在身上，说是很暖和，高兴得像一个孩子。吃的很清淡。我没见他下过一次馆子。在昆明，我到文林街二十号他的宿舍去看他，到吃饭时总是到对面米线铺吃一碗一角三分钱的米线。有时加一个西红柿，打一个鸡蛋，超不过两角五分。三姐是会做菜的，会做八宝糯米鸭，炖在一个大沙锅里，但不常做。他们住在中老胡同时，有时张兆和骑自行车到前门月盛斋买一包烧羊肉回来，就算加了菜了。在小羊宜宾胡同时，常吃的不外是炒四川的菜头，炒慈姑。沈先生爱吃慈姑，说“这个好，比土豆‘格’高”。他在《自传》中说他很会炖狗肉，我在昆明，在北京都没见他炖过一次。有一次他到他的助手王亚蓉家去，先来看看我（王亚蓉住在我们家马路对面——他七十多了，血压高到二百多，还常为了一点研究资料上的小事到处跑），我让他过一会来吃饭。他带来一卷画，是古代马戏图的摹本，实在是很精彩。他非常得意地问我的女儿："精彩吧？"那天我给他做了一只烧羊腿，一条鱼。他回家一再向三姐称道："真好吃。"他经常吃的荤菜是：猪头肉。

他的丧事十分简单。他凡事不喜张扬，最反对搞个人的纪念活动。反对"办生做寿"。他生前累次嘱咐家人，他死后，不开追悼会，不举行遗体告别。但火化之前，总要有一点仪式。新华社消息的标题是沈从文告别亲友和读者，是合适的。只通知少数亲友。——有一些景仰他的人是未接通知自己去的。不收花圈，只有约二十多个布满鲜花的花篮，很大的白色的百合花、康乃馨、菊花、菖兰。参加仪式的人也不戴纸制的白花，但每人发给一枝半开的月季，行礼后放在遗体边。不放哀乐，放沈先生生前喜爱的音乐，如贝多芬的"悲怆"奏鸣曲等。沈先生面色如生，很安详地躺着。我走近他身边，看着他，久久不能离开。这样一个人，就这样地去了。我看他一眼，又看一眼，我哭了。

沈先生家有一盆虎耳草，种在一个椭圆形的小小钧窑盆里。很多人不认识这种草。这就是《边城》里翠翠在梦里采摘的那种草，沈先生喜欢的草。

闻一多先生上课

闻先生性格强烈坚毅。日寇南侵，清华、北大、南开合成临时大学，在长沙少驻，后改为西南联合大学，将往云南。一部分师生组成步行团，闻先生参加步行，万里长征，他把胡子留了起来，声言：抗战不胜，誓不剃须。他的胡子只有下巴上有，是所谓“山羊胡子”，而上髭浓黑，近似一字。他的嘴唇稍薄微扁，目光灼灼。有一张闻先生的木刻像，回头侧身，口衔烟斗，用炽热而又严冷的目光审视着现实，很能表达闻先生的内心世界。

联大到云南后，先在蒙自呆了一年。闻先生还在专心治学，把自己整天关在图书馆里。图书馆在楼上。那时不少教授爱起斋名，如朱自清先生的斋名叫“贤于博弈斋”，魏建功先生的书斋叫“学无不暇簃”，有一位教授戏赠闻先生一个斋主的名称：“何妨一下楼主人”。因为闻先生总不下楼。

西南联大校舍安排停当，学校即迁至昆明。

我在读西南联大时，闻先生先后开过三门课：楚辞、唐诗、古代神话。

楚辞班人不多。闻先生点燃烟斗，我们能抽烟的也点着了烟（闻先生的课可以抽烟的），闻先生打开笔记，开讲："痛饮酒，熟读《离骚》，乃可以为名士。"闻先生的笔记本很大，长一尺有半，宽近一尺，是写在特制的毛边纸稿纸上的。字是正楷，字体略长，一笔不苟。他写字有一特点，是爱用秃笔。别人用过的废笔，他都收集起来，秃笔写篆楷蝇头小字，真是一个功夫。我跟闻先生读一年楚辞，真读懂的只有两句"嫋嫋兮秋风，洞庭波兮木叶下"。也许还可加上几句："成礼兮会鼓，传葩兮代舞，春兰兮秋菊，长毋绝兮终古。"

闻先生教古代神话，非常"叫座"。不单是中文系的、文学院的学生来听讲，连理学院，工学院的同学也来听。工学院在拓东路，文学院在大西门，听一堂课得穿过整整一座昆明城。闻先生讲课"图文并茂"。他用整张的毛边纸墨画出伏羲、女娲的各种画像，用摁钉钉在黑板上，口讲指画，有声有色，条理严密，文采斐然，高低抑扬，引人入胜。闻先生是一个好演员。伏羲女娲，本来是相当枯燥的课题，但听闻先生讲课让人感到一种美，思想的美，逻辑的美，才华的美。听这样的课，穿一座城，也值得。

能够像闻先生那样讲唐诗的，并世无第二人。他也讲初唐四杰、大历十才子、《河岳英灵集》，但是讲得最多，也讲得最好的，是晚唐。他把晚唐诗和后期印象派的画联系起来。讲李贺，同时讲到印象派里的 pointlism（点画派），说点画看起来只是不同颜色的点，这些点似乎不相连属，但凝视之，则可感觉到点与点之间的内在联系。这样讲唐诗，必须本人既是诗人，也是画家，有谁能办到？闻先生讲唐诗的妙悟，应该记录下来。我是个大大咧咧的人，上课从不记笔记。听说比我高一班的同学郑临川记录了，而且整理成一本《闻一多论唐诗》，出版了，这是大好事。

我颇具歪才，善能胡诌，闻先生很欣赏我。我曾替一个比我低一班的同学代笔写了一篇关于李贺的读书报告，——西南联大一般课程都不考试，只于学期终了时交一篇读书报告即可给学分。闻先生看了这篇读书报告后，对那位同学说："你的报告写得很好，比汪曾祺写的还好！"其实我写李贺，只写了一点：别人的诗都是画在白底子上的画，李贺的诗是画在黑底子上的画，故颜色特别浓烈。这也是西南联大许多教授对学生鉴别的标准：不怕新，不怕怪，而不尚平庸，不喜欢人云亦云，只抄书，无创见。

名优逸事

萧长华

萧先生八十多岁时身体还很好。腿脚利落，腰板不塌。他的长寿之道有三：饮食清淡，经常步行，问心无愧。

萧先生从不坐车。上哪儿去，都是地下走。早年在宫里“当差”，上颐和园去唱戏，也都是走着去，走着回来，从城里到颐和园，少说也有三十里。北京人说：走为百练之祖，是一点不错的。

萧老自奉甚薄。他到天津去演戏，自备伙食。一棵白菜，两刀切四爿，一顿吃四分之一。餐餐如此：窝头，熬白菜。他上女婿家去看女儿，问：“今儿吃什么呀?”——“芝麻酱拌面，炸点花椒油。”“芝麻酱拌面，还浇花椒油呀?!”

萧先生偶尔吃一顿好的：包饺子。他吃饺子还不蘸醋。四十个饺子，装在一个盘子里，浇一点醋，特喽特喽，就给

“开”了。

萧先生不是不懂得吃。有人看见，在酒席上，清汤鱼翅上来了，他照样扁着筷子夹了一大块往嘴里送。

懂得吃而不吃，这是真的节俭。

萧先生一辈子挣的钱不少，都为别人花了。他买了几处“义地”，是专为死后没有葬身之所的穷苦的同行预备的。有唱戏的“苦哈哈”，死了老人，办不了事，到萧先生那儿，磕一个头报丧，萧先生问，“你估摸着，大概其得多少钱，才能把事办了哇?”一面就开箱子取钱。

三、五反的时候，一个演员被打成了“老虎”，在台上挨斗，斗到热火燎辣的时候，萧先生在台下喊“××，你承认得了，这钱，我给你拿!”

赞曰：

窝头白菜，寡欲步行，

问心无愧，人间寿星。

姜妙香

姜先生真是温柔敦厚到了家了。

他的学生上他家去，他总是站起来，双手当胸捏着扇子，微微躬着身子：“您来啦!”临走时，一定送出大门。

他从不生气。有一回陪梅兰芳唱《奇双会》，他的赵宠。穿好了靴子，总觉得不大得劲。“唔，今儿是怎样搞的，怎么总觉得一脚高一脚低的？我的腿有毛病啦？”伸出脚来看看，两只靴子的厚底一只厚二寸，一只二寸二。他的跟包叫申四。他把申四叫过来：“老四哎，咱们今儿的靴子拿错了吧？”你猜申四说什么？——“你凑合着穿吧！”

姜先生从不争戏。向来梅先生演《奇双会》，都是他的赵宠。偶尔俞振飞也陪梅先生唱，赵宠就是俞的。管事的说：“姜先生，您来个保童。”——“哎好好好。”有时叶盛兰也陪梅先生唱。“姜先生，您来个保童。”——“哎好好好。”

姜先生有一次遇见了劫道的，就是琉璃厂西边北柳巷那儿。那是敌伪的时候。姜先生拿了“戏份儿”回家。那会唱戏都是当天开份儿。戏打住了，管事的就把份儿分好了。姜先生这天赶了两“包”，华乐和长安。冬天，他坐在洋车里，前面挂着棉布帘。“站住！把身上的钱都拿出来！”——他也不知道里面是谁。姜先生不慌不忙地下了车，从左边口袋里掏出一沓（钞票），从右边又掏出了一沓。“这是我今儿的戏份儿。这是华乐的，这是长安的。都在这儿，一个不少。您点点。”

那位不知点了没有。想来大概是没有。

在上海也遇见过那么一回。“站住，把身浪厢值钿（钱）格物事（东西）才（都）拿出来！”此公把姜先生身上搜刮一空，扬长而去。姜先生在后面喊：

“回来，回来！我这还有一块表哪，您要不要？”

事后，熟人问姜先生：“您真是！他走都走了，您干嘛还叫他回来？他把您什么都抄走了，您还问‘我这还有一块表哪，您要不要？’”

姜妙香答道：“他也不容易。”

姜先生有一次似乎是生气了。“文化大革命”，红卫兵上姜先生家去抄家，抄出一双尖头皮鞋，当场把鞋尖给他剁了。姜先生把这双剁了尖、张着大嘴的鞋放在一个显眼的地方。有人来的时候，就指指，摇头。

赞曰：

温柔敦厚，有何不好？

“文革”英雄，愧对此老。

贯盛吉

在京剧丑角里，贯盛吉的格调是比较高的。他的表演，自成一格，人称“贯派”。他的念白很特别，每一句话都是高起低收，好像一个孩子在被逼着去做他不情愿做的事情时的嘟囔。他是个“冷面小丑”，北京人所谓

"绷着脸逗"。他并不存心逗人乐。他的"哏"是淡淡的，不是北京人所谓"胳肢人"，上海人所谓"硬滑稽"。他的笑料，在使人哄然一笑之后，还能想想，还能回味。有人问他："你怎么这么逗呀？"他说："我没有逗呀，我说的都是实话。""说实话"是丑角艺术的不二法门。说实话而使人笑，才是一个真正的丑角。喜剧的灵魂，是生活，是真实。

不但在台上，在生活里，贯盛吉也是那么逗。临死了，还逗。

他死的时候，才四十岁，太可惜了。

他死于心脏病，病了很长时间。

家里人知道他的病不治了，已经为他准备了后事，买了"装裹"——即寿衣。他有一天叫家里人给他穿戴起来。都穿齐全了，说："给我拿个镜子来。"

他照照镜子："唔，就这德行呀！"

有一天，他让家里给他请一台和尚，在他的面前给他放一台焰口。

他跟朋友说："活着，听焰口，有谁这么干过没有？——没有。"

有一天，他很不好了，家里忙着，怕他今天过不去。他翁声翁气地说："你们别忙。今儿我不走。今儿外面下雨，我没有伞。"

一个人病危的时候还能保持生气盎然的幽默感，能够拿死来“开逗”，真是不容易。这是一个真正的丑角，一生一世都是丑角。

赞曰：

拿死开逗，滑稽之雄。

虽东方朔，无此优容。

郝寿臣

郝老受聘为北京市戏校校长。就职的那天，对学生讲话。他拿着秘书替他写好的稿子，讲了一气。讲到要知道旧社会的苦，才知道新社会的甜。旧社会的梨园行，不养小，不养老。多少艺人，唱了一辈子戏，临了是倒卧街头，冻饿而死。说到这里，郝校长非常激动，一手高举讲稿，一手指着讲稿，说：

“同学们！他说得真对呀！”

这件事，大家都当笑话传。细想一下，这有什么可笑呢？本来嘛，讲稿是秘书捉刀，这是明摆着的事。自己戳穿，有什么丢人？倒是“他说得真对呀”，才真是本人说出的一句实话。这没有什么可笑。这正是前辈的不可及处：老老实实，不装门面。

许多大干部作大报告，在台上手舞足蹈，口若悬河，其实都应该学学郝老，在适当的时候，用手指指秘书所拟讲稿，说：

“同志们！他说得真对呀！”

赞曰：

人为立言，己不居功。

老老实实，古道可风。

《水浒》人物的绰号

鼓上蚤和拼命三郎

由“旱地忽律”想到《水浒》一百零八将的绰号。

有的绰号是起得很精彩的，很能写出人物的气质风度，很传神，耐人寻味。

如“鼓上蚤时迁”。曾看过一则小资料，跳蚤是世界动物中跳高的绝对冠军，以它的个头和能跳的高度为比例，没有任何动物能赶得上，这是有数据的。当时想把这则资料剪下来，忙乱中丢失了，很可惜。我所以对这则资料感兴趣，是因为当时就想到“鼓上蚤”。跳蚤本来跳得就高，于鼓上跳，鼓有弹性，其高可知。话说回来，谁见过鼓上的跳蚤？给时迁起这个绰号的人的想象力实在令人佩服。

时迁在《水浒》里主要做了三件事：一偷鸡，二盗甲，三火烧翠云楼。偷鸡无足称，虽然这是武丑的开门戏。写得最精彩的是盗甲。时迁是“神偷”型的人物，中国的市民对于神偷是很崇拜的。凡神偷都有共同的特点，除了身轻、手快，一双锐利的眼睛，更重要的是举重若轻，履险如夷，于间不容发之际能从容不迫。《水浒》写盗甲，一步一步，层次分明，交待清楚。甲到手，时迁“悄悄地开了楼门，款款儿地背着皮匣，下得扶梯，从里面直开到外面来，真是神不知鬼不觉”。“款款地”是不慌不忙的意思，现在山西、张家口还这么说。“款款”下加一“儿”字“款款儿地”，更有韵味。火烧翠云楼是打北京城的一大关目。这两回书都写得不精彩，李卓吾评之曰“不济不济”。时迁放火，写得很马虎。不过我小时看石印本绣像《水浒》，时迁在烈焰腾腾的翠云楼最高一层的檐角倒立着——拿起一把顶，印象还是很深刻的。

时迁在《水浒》里要算个人物，但石碣天书却把他排在地煞星的倒数第二，连白日鼠白胜都在他的前面，后面是毫无作为的“金毛犬段景住”，这实在是委屈了他。

如“拼命三郎石秀”。“拼命”和“三郎”放在一起，便产生一种特殊的意境，产生一种美感。大郎、二郎都不成，就得是三郎。这有什么道理可说呢？大哥笨、二哥憨，只有老三往往是聪明伶俐的。中国语言往往反映出只可意会的、潜在复杂的社会心理。

拼命三郎不止是不怕死，敢拼命，路见不平，拔刀相助，为朋友两肋插刀，更重要的是说他办事爽快，凡事不干则已，干，就干净利落，绝不拖泥带水。这是个工于心计的人，绝不是莽莽撞撞。看他杀胡道，杀海阇黎、杀潘巧云、杀迎儿，莫不经过翔实的调查，周密的安排，刀刀见血，下手无情。这个人给人的印象是未免太狠了一点。

石秀上山后无大作为，只是三打祝家庄探路有功，但《水浒》写得也较平淡，倒是昆曲《探庄》给他一个“单出头”的机会。曾见过侯永奎的《探庄》，黑罗帽，黑箭衣，英气勃勃。侯永奎的嗓子奇高而亮，只是有点左，不大挂味，但演石秀，却很对工。

浪子燕青及其他

“浪子燕青”的“浪子”是一个特定概念，指的是风流浪子。张国宝《罗李郎》杂剧：“人都道你是浪子，上长街百十样风流事。”此人一出场，但见：

> 六尺以上身材，二十四五年纪，三牙掩口细髯，十分腰细膀阔。……腰间斜插名人扇，鬓畔常簪四季花。

这个“人物赞”描写如画，在《水浒》诸“赞”之中是上乘。

> 这人是北京土居人氏，自小父母双亡，卢员外家中养的他大。为见他一身雪练也是白肉，卢俊义叫一个高手匠人，与他刺了这一身遍体花绣，却似玉亭柱上铺着软翠。若赛锦体，由你是谁，都输与他。不则一身好花绣，那人更兼吹的、弹的、唱的、舞的，拆白道字，顶真续麻，无有不能，无有不会。亦是说的诸路乡谈，省的诸行百艺的市语。更且一身本事，无人比的。拿着一张川弩，只用三枝短箭，郊外落牲，并不放空，箭到物落。晚间入城，少杀也有百十个虫蚁。若赛锦标社，那里利物，管取都是他的。亦且此人百伶百俐，道头知尾，本身姓燕，排行第一，官名单讳个青字，京城里人口顺，都叫他做“浪子燕青”。

《水浒》里文身绣体的有两个人。一个是史进，一个是燕青。史进刺的是九纹龙，燕青刺的大概是花鸟。“凤凰踏碎玉玲珑，孔雀斜穿花错落”。“玉玲珑”是什么，曾有人考证过，结论勉强。一说玉玲珑是复瓣水仙。总之燕青刺的花是相当复杂的。史进的绣体因为后来不常脱膊，再没有展示的机会。燕青在东岳庙和任原相扑，脱得只剩一条熟绢水裤儿，浑身花绣毕露，赢得众人喝彩，着实地出了风头。

《水浒传》对燕青真是不惜笔墨，前后共用了一篇赋体的赞，一段散文的叙述，一首“沁园春”，一篇七言古风，不厌其烦。如此调动一切手段赞美一个人物，在全书中绝无仅有。看来作者对燕青是特别钟爱的。

写相扑一回，章法奇特。前面写得很铺张，从燕青与宋江谈话，到燕青装做货郎担儿，唱山东货郎转调歌，到和李逵投宿住店，到用扁担劈了任原夸口的粉牌，到众人到客店张看燕青，到燕青游玩岱岳庙，到往迎恩桥看任原，到相扑献台的布置，到太守劝阻燕青，到“部署”再度劝阻，一路写来，曲折详尽，及至正面写到相扑交手，只几句话就交待了。起得铺张，收得干净，确是文章高手。相扑原是“说时迟，那时快”的事，动作本身，没有多少好写。但是《水浒》的寥寥数语却写得十分精彩。

……任原看看逼将入来，虚将左脚卖个破绽，燕青叫一声“不要来!”任原却待奔他，被燕青去任原左肋下穿将过去。任原性起，急转身又来拿燕青，被燕青虚跃一跃，又在右肋下钻过去。大汉转身，终是不便，三换换得脚步乱了。燕青却抢将入去，左手扭住任原，探左手插入任原交裆，用肩胛顶住他胸脯，把任原直托将起来，头重脚轻，借力便旋五旋，到献台边，叫一声“下去!”，把任原头在下脚在上，直撺下献台来，这一扑名叫“鹁鸽旋”，数万香官看了，齐声喝彩。

《容与堂刻本水浒传》于此处行边加了一路密圈，看来李卓吾对这段文字也是很欣赏的。这一段描写实可作为体育记者的范本。

燕青不愧是“浪子”。

《水浒》一百零八人多数的绰号并不是很精彩。宋江绰号“呼保义”，不知是什么意思。龚开的画赞称之曰“呼群保义”，近是“增字解经”。他另有个绰号“及时雨”是个比喻，只是名实不符。宋江并没有在谁遇到困难时给人什么帮助，倒是他老是在危难之际得到别人的解救。“黑旋风李逵”的绰号大概起得较早，元杂剧里就有几出以“黑旋风”为题目的，这个绰号只是说他爱向人多处排头砍去，又生得黑，也形象，但了无余蕴。“霹雳火”只是说这个人性情急躁。“豹子头”我始终不明白是什么意思。倒是“菜园子张青”虽看不出此人有多大能耐，却颇潇洒。

不过《水浒》能把一百零八人都安上一个绰号，配备齐全，也不容易。

绰号是特定的历史时期的文学现象和社会现象。其盛行大概在宋以后、明以前，即《水浒传》成书之时。宋以前很少听到。明以后不绝如缕。如《七侠五义》里的“黑狐狸智化”，窦尔墩“人称铁罗汉”，但在演义小说中不那么普遍。从文学表现手段（虽然这是末技）和社会心理，主要是市民心理的角度研究一下绰号，是有意义的。

黄油烙饼

萧胜跟着爸爸到口外去。

萧胜满七岁，进八岁了。他这些年一直跟着奶奶过。他爸的工作一直不固定。一会儿修水库啦，一会儿大炼钢铁啦。他妈也是调来调去。奶奶一个人在家乡，说是冷清得很。他三岁那年，就被送回老家来了。他在家乡吃了好些萝卜白菜，小米面饼子，玉米面饼子，长高了。

奶奶不怎么管他。奶奶有事。她老是找出一些零碎料子给他接衣裳，接褂子，接裤子，接棉袄，接棉裤。他的衣服都是接成一道一道的，一道青，一道蓝。倒是挺干净的。奶奶还给他做鞋。自己打袼褙，剪样子，纳底子，自己绱。奶奶老是说："你的脚上有牙，有嘴?""你的脚是铁打的!"再就是给他做吃的。小米面饼子，玉米面饼子，萝卜白菜——炒鸡蛋，熬小鱼。他整天在外面玩。奶奶把饭做得了，就在门口嚷，"胜儿！回来吃饭咧——!"

后来办了食堂。奶奶把家里的两口锅交上去，从食堂里打饭回来吃。真不赖！白面馒头，大烙饼，卤虾酱炒豆腐、焖茄子，猪头肉！食堂的大师傅穿着白衣服，戴着白帽子，在蒸笼的白蒙蒙的热气中晃来晃去，拿铲子敲着锅边，还大声嚷叫。人也胖了，猪也肥了。真不赖！

后来就不行了。还是小米面饼子，玉米面饼子。

后来小米面饼子里有糠，玉米面饼子里有玉米核磨出的碴子，拉嗓子。人也瘦了，猪也瘦了。往年，撵个猪可费劲哪。今年，一伸手就把猪后腿攥住了。挺大一个克郎，一挤它，咕咚就倒了。掺假的饼子不好吃，可是萧胜还是吃得挺香。他饿。

奶奶吃得不香。她从食堂打回饭来，掰半块饼子，嚼半天。其余的，都归了萧胜。

奶奶的身体原来就不好。她有个气喘的病。每年冬天都犯。白天还好，晚上难熬。萧胜躺在炕上，听奶奶喝喽喝喽地喘。睡醒了，还听她喝喽喝喽。他想，奶奶喝喽了一夜。可是奶奶还是喝喽着起来了，喝喽着给他到食堂去打早饭，打掺了假的小米饼子，玉米饼子。

爸爸去年冬天回来看过奶奶。他每年回来，都是冬天。爸爸带回来半麻袋土豆，一串口蘑，还有两瓶黄油。爸爸说，土豆是他分的；口蘑是他自己采，自己晾的；

黄油是“走后门”搞来的。爸爸说，黄油是牛奶炼的，很“营养”，叫奶奶抹饼子吃。土豆，奶奶借锅来蒸了，煮了，放在灶火里烤了，给萧胜吃了。口蘑过年时打了一次卤。黄油，奶奶叫爸爸拿回去：“你们吃吧。这么贵重的东西！”爸爸一定要给奶奶留下。奶奶把黄油留下了，可是一直没有吃。奶奶把两瓶黄油放在躺柜上，时不时地拿抹布擦擦。黄油是个啥东西？牛奶炼的？隔着玻璃，看得见它的颜色是嫩黄嫩黄的。去年小三家生了小四，他看见小三他妈给小四用松花粉扑痱子。黄油的颜色就像松花粉。油汪汪的，很好看。奶奶说，这是能吃的。萧胜不想吃。他没有吃过，不馋。

奶奶的身体越来越不好。她从前从食堂打回饼子，能一气走到家。现在不行了，走到歪脖柳树那儿就得歇一会。奶奶跟上了年纪的爷爷、奶奶们说：“只怕是过得了冬，过不得春呀。”萧胜知道这不是好话。这是一句骂牲口的话。“嗳！看你这乏样儿！过得了冬过不得春！”果然，春天不好过。村里的老头老太太接二连三地死了。镇上有个木业生产合作社，原来打家具、修犁耙，都停了，改了打棺材。村外添了好些新坟，好些白幡。奶奶不行了，她浑身都肿。用手指按一按，老大一个坑，半天不起来。她求人写信叫儿子回来。

爸爸赶回来，奶奶已经咽了气了。

爸爸求木业社把奶奶屋里的躺柜改成一口棺材，把奶奶埋了。晚上，坐在奶奶的炕上流了一夜眼泪。

萧胜一生第一次经验什么是“死”。他知道“死”就是“没有”了。他没有奶奶了。他躺在枕头上，枕头上还有奶奶的头发的气味。他哭了。

奶奶给他做了两双鞋。做得了，说：“来试试！”——“等会儿！”吱溜，他跑了。萧胜醒来，光着脚把两双鞋都试了试。一双正合脚，一双大一些。他的赤脚接触了搪底布，感觉到奶奶纳的底线，他叫了一声“奶奶！”又哭了一气。

爸爸拜望了村里的长辈，把家里的东西收拾收拾，把一些能应用的锅碗瓢盆都装在一个大网篮里。把奶奶给萧胜做的两双鞋也装在网篮里。把两瓶动都没有动过的黄油也装在网篮里。锁了门，就带着萧胜上路了。

萧胜跟爸爸不熟。他跟奶奶过惯了。他起先不说话。他想家，想奶奶，想那棵歪脖柳树，想小三家的一对大白鹅，想蜻蜓，想蝈蝈，想挂大扁飞起来格格地响，露出绿色硬翅膀底下的桃红色的翅膜……后来跟爸爸熟了。他是爸爸呀！他们坐了汽车，坐火车，后来又坐汽车。爸爸很好。爸爸老是引他说话，告诉他许多口外的事。他的话越来越多，问这问那。他对“口外”产生了很浓厚的兴趣。

他问爸爸啥叫“口外”。爸爸说“口外”就是张家口以外，又叫“坝上”。“为啥叫坝上?”他以为“坝”是一个水坝。爸爸说到了就知道了。

敢情“坝”是一溜大山。山顶齐齐的，倒像个坝。可是真大！汽车一个劲地往上爬。汽车爬得很累，好像气都喘不过来，不停地哼哼。上了大山，嘿，一片大平地！真是平呀！又平又大。像是擀过的一样。怎么可以这样平呢！汽车一上坝，就撒开欢了。它不哼哼了，“刷——”一直往前开。一上了坝，气候忽然变了。坝下是夏天，一上坝就像秋天。忽然，就凉了。坝上坝下，刀切的一样。真平呀！远远有几个小山包，圆圆的。一棵树也没有。他的家乡有很多树。榆树，柳树，槐树。这是个什么地方！不长一棵树！就是一大片大平地，碧绿的，长满了草。有地。这地块真大。从这个小山包一匹布似的一直扯到了那个小山包。地块究竟有多大？爸爸告诉他：有一个农民牵了一头母牛去犁地，犁了一趟，回来时候母牛带回来一个新下的小牛犊，已经三岁了！

汽车到了一个叫沽源的县城，这是他们的最后一站。一辆牛车来接他们。这车的样子真可笑，车轱辘是两个木头饼子，还不怎么圆，咕噜噜，咕噜噜，往前滚。他仰面躺在牛车上，上面是一个很大的蓝天。牛车真慢，还没有他走得快。他有时下来掐两朵野花，走一截，又爬上车。

这地方的庄稼跟口里也不一样。没有高粱，也没有老玉米，种莜麦，胡麻。莜麦干净得很，好像用水洗过，梳过。胡麻打着把小蓝伞，秀秀气气，不像是庄稼，倒像是种着看的花。

嗬，这一大片马兰！马兰他们家乡也有，可没有这里的高大。长齐大人的腰那么高，开着巴掌大的蓝蝴蝶一样的花。一眼望不到边。这一大片马兰！他这辈子也忘不了。他像是在一个梦里。

牛车走着走着。爸爸说：到了！他坐起来一看，一大片马铃薯，都开着花，粉的、浅紫蓝的、白的，一眼望不到边，像是下了一场大雪。花雪随风摇摆着，他有点晕。不远有一排房子，土墙、玻璃窗。这就是爸爸工作的“马铃薯研究站”。土豆——山药蛋——马铃薯。马铃薯是学名，爸说的。

从房子里跑出来一个人。“妈妈——！”他一眼就认出来了！妈妈跑上来，把他一把抱了起来。

萧胜就要住在这里了，跟他的爸爸、妈妈住在一起了。

奶奶要是一起来，多好。

萧胜的爸爸是学农业的，这几年老是干别的。奶奶问他：“为什么总是把你调来调去的？”爸说：“我好欺负。”马铃薯研究站别人都不愿来，嫌远。爸愿意。妈是学画画的，前几年老画两个娃娃拉不动的大萝卜啦，上面张个帆可以当做小船的豆荚啦。她也愿意跟爸爸一起来，画“马铃薯图谱”。

妈给他们端来饭。真正的玉米面饼子，两大碗粥。妈说这粥是草籽熬的。有点像小米，比小米小。绿盈盈的，挺稠，挺香。还有一大盘鲫鱼，好大。爸说别处的鲫鱼很少有过一斤的，这儿“淖”里的鲫鱼有一斤二两的，鲫鱼吃草籽，长得肥。草籽熟了，风把草籽刮到淖里，鱼就吃草籽。萧胜吃得很饱。

爸说把萧胜接来有三个原因。一是奶奶死了，老家没有人了。二是萧胜该上学了，暑假后就到不远的一个完小去报名。三是这里吃得好一些。口外地广人稀，总好办一些。这里的自留地一个人有五亩！随便刨一块地就能种点东西。爸爸和妈妈就在“研究站”旁边开了一块地，种了山药，南瓜。山药开花了，南瓜长了骨朵了。用不了多久，就能吃了。

马铃薯研究站很清静，一共没有几个人。就是爸爸、妈妈，还有几个工人。工人都有家。站里就是萧胜一家。这地方，真安静。成天听不到声音，除了风吹莜麦穗子，沙沙地像下小雨；有时有小燕吱喳地叫。

爸爸每天戴个草帽下地跟工人一起去干活，锄山药。

有时查资料，看书。妈一早起来到地里掐一大把山药花，一大把叶子，回来插在瓶子里，聚精会神地对着它看，一笔一笔地画。画的花和真的花一样！萧胜每天跟妈一同下地去，回来鞋和裤脚沾得都是露水。奶奶做的两双新鞋还没有上脚，妈把鞋和两瓶黄油都锁在柜子里。

白天没有事，他就到处去玩，去瞎跑。这地方大得很，没遮没挡，跑多远，一回头还能看到研究站的那排房子，迷不了路。他到草地里去看牛、看马、看羊。

他有时也去莳弄莳弄他家的南瓜、山药地。锄一锄，从机井里打半桶水浇浇。这不是为了玩。萧胜是等着要吃它们。他们家不起火，在大队食堂打饭，食堂里的饭越来越不好。草籽粥没有了，玉米面饼子也没有了。现在吃红高粱饼子，喝甜菜叶子做的汤。再下去大概还要坏。萧胜有点饿怕了。

他学会了采蘑菇。起先是妈妈带着他采了两回，后来，他自己也会了。下了雨，太阳一晒，空气潮乎乎的，闷闷的，蘑菇就出来了。蘑菇这玩意很怪，都长在"蘑菇圈"里。你低下头，侧着眼睛一看，草地上远远的有一圈草，颜色特别深，黑绿黑绿的，隐隐约约看到几个白点，那就是蘑菇圈，的溜圆。蘑菇就长在这一圈深颜色的草里。圈里面没有，圈外面也没有。蘑菇圈是固定的。今年长，明年还长。哪里有蘑菇圈，老乡们都知道。

有一个蘑菇圈发了疯。它不停地长蘑菇，呼呼地长，三天三夜一个劲地长，好像是有鬼，看着都怕人。附近七八家都来采，用线穿起来，挂在房檐底下。家家都挂了三四串，挺老长的三四串。老乡们说，这个圈明年就不会再长蘑菇了，它死了。萧胜也采了好些。他兴奋极了，心里直跳。“好家伙！好家伙！这么多！这么多！”他发了财了。

他为什么这样兴奋？蘑菇是可以吃的呀！

他一边用线穿蘑菇，一边流出了眼泪。他想起奶奶，他要给奶奶送两串蘑菇去。他现在知道，奶奶是饿死的。人不是一下饿死的，是慢慢地饿死的。

食堂的红高粱饼子越来越不好吃，因为掺了糠。甜菜叶子汤也越来越不好喝，因为一点油也不放了。他恨这种掺糠的红高粱饼子，恨这种不放油的甜菜叶子汤！

他还是到处去玩，去瞎跑。

大队食堂外面忽然热闹起来。起先是拉了一牛车的羊砖来。他问爸爸这是什么，爸爸说：“羊砖。”——“羊砖是啥？”——“羊粪压紧了，切成一块一块。”——“干啥用？”——“烧。”——“这能烧吗？”——“好烧着呢！火顶旺。”后来盘了个大灶。后来杀了十来只羊。萧胜就站在旁边看杀羊。他还没有见过杀羊。嘿，一点血都流不到外面，完完整整就把一张羊皮剥下来了！

这是要干啥呢？

爸爸说，要开三级干部会。

“啥叫三级干部会？”

“等你长大了就知道了！”

三级干部会就是三级干部吃饭。

大队原来有两个食堂，南食堂，北食堂，当中隔一个院子，院子里还搭了个小棚，下雨天也可以两个食堂来回串。原来“社员”们分在两个食堂吃饭。开三级干部会，就都挤到北食堂来。南食堂空出来给开会干部用。

三级干部会开了三天，吃了三天饭。头一天中午，羊肉口蘑潲子蘸莜面。第二天炖肉大米饭。第三天，黄油烙饼。晚饭倒是马马虎虎的。

“社员”和“干部”同时开饭。社员在北食堂，干部在南食堂。北食堂还是红高粱饼子，甜菜叶子汤。北食堂的人闻到南食堂里飘过来的香味，就说：“羊肉口蘑潲子蘸莜面，好香好香！”“炖肉大米饭，好香好香！”“黄油烙饼，好香好香！”

萧胜每天去打饭，也闻到南食堂的香味。羊肉、米饭，他倒不稀罕；他见过，也吃过。黄油烙饼他连闻都没闻过。是香，闻着这种香味，真想吃一口。

回家，吃着红高粱饼子，他问爸爸：“他们为什么吃黄油烙饼？”

“他们开会。”

“开会干嘛吃黄油烙饼?”

“他们是干部。”

“干部为啥吃黄油烙饼?”

“哎呀！你问得太多了！吃你的红高粱饼子吧!”

正在咽着红饼子的萧胜的妈忽然站起来，把缸里的一点白面倒出来，又从柜子里取出一瓶奶奶没有动过的黄油，启开瓶盖，挖了一大块，抓了一把白糖，兑点起子，擀了两张黄油发面饼。抓了一把莜麦秸塞进灶火，烙熟了。黄油烙饼发出香味，和南食堂里的一样。妈把黄油烙饼放在萧胜面前，说：

“吃吧，儿子，别问了。”

萧胜吃了两口，真好吃。他忽然咧开嘴痛哭起来，高叫了一声：“奶奶!”

妈妈的眼睛里都是泪。

爸爸说：“别哭了，吃吧。”

萧胜一边流着一串一串的眼泪，一边吃黄油烙饼。他的眼泪流进了嘴里。黄油烙饼是甜的，眼泪是咸的。

晚饭后的故事

京剧导演郭庆春就着一碟猪耳朵喝了二两酒，咬着一条顶花带刺的黄瓜吃了半斤过了凉水的麻酱面，叼着前门烟，捏了一把芭蕉扇，坐在阳台上的竹躺椅上乘凉。他脱了个光脊梁，露出半身白肉。天渐渐黑下来了。楼下的马缨花散发着一阵一阵的清香。衡水老白干的饮后回甘和马缨花的香味，使得郭导演有点醺醺然了……

郭庆春小时候，家里很穷苦。父亲死得早，母亲靠缝穷维持一家三口的生活，——郭庆春还有个弟弟，比他小四岁。每天早上，母亲蒸好一屉窝头，留给他们哥俩，就夹着一个针线笸箩，上市去了。地点没有定准，哪里穿破衣服的人多就奔哪里。但总也不出那几个地方。郭庆春就留在家里看着弟弟。他有时也领着弟弟出去玩，去看过妈给人缝穷。妈靠墙坐在街边的一个马扎子上，在闹市之中，在车尘马足之间，在人们的腿脚之下，挣着他们明天要吃的杂和面儿。穷人家的孩子懂事早。冬天，郭庆春知道妈一定很冷；夏天，妈一定很热，很渴，很困。缝穷的冬天和夏天都特别长。郭庆春的街坊、亲戚都比较贫苦，但是郭庆春从小就知道缝穷的比许多人更卑屈，更低贱。他跟着大人和比他大些的孩子学会了说许多北京的俏皮话、歇后语："武大郎盘杠子，——上下够不着"，"户不拉喂饭，——不正经玩儿"……等等，有一句歇后语他绝对不说，小时候不说，长大以后也不说："缝穷的撒尿，——瞅不冷子"。有一回一个大孩子当他面说了一句，他满脸通红，跟他打了一架。那孩子其实是无心说的，他不明白郭庆春为什么生那么大的气。

这个穷苦的出身，日后给他带来了无限的好处。

郭庆春十二三岁就开始出去奔自己的衣食了。

他有个舅舅，是在剧场（那会不叫剧场，叫戏园子，或者更古老一些，叫戏馆子）里"写字"的。写字是写剧场门口的海报，和由失业的闲汉扛着走遍九城的海报牌。那会已有报纸，剧场都在报上登了广告，可是很多人还是看了海报牌，知道哪家剧场今天演什么戏，才去买票的。舅舅的光景比郭家好些，也好不到哪里去。他时常来瞧瞧他的唯一的妹妹。他提出，庆春长得快齐他的肩膀高了（舅舅是个矮子），能把自己吃的窝头挣出来了。舅舅出面向放印子的借了一笔本钱，趸了一担西瓜。郭庆春在陕西巷口外摆了一个西瓜摊，把瓜切成块，卖西瓜。

他穿了条大裤衩，腰里插着一把芭蕉扇，学着吆唤：

“唉，闹块来！

脆沙瓤哝，

赛冰糖哝，

唉，闹块来！……”

他头一回听见自己吆唤，有一种说不出来的新鲜感。他竟能吆唤得那样像。这不是学着玩，这是真事！他的弟弟坐在小板凳上看哥哥做买卖，也觉得很新鲜。他佩服哥哥。晚上，哥俩收了摊子，飞跑回家，把卖得的钱往妈面前一放：

“妈！钱！我挣的！”

妈这天给他们炒了个麻豆腐吃。

这种新鲜感很快就消失了。西瓜生意并不那样好。尤其是下雨天。他恨下雨。

有一天，倒是大太阳，卖了不少钱。从陕西巷里面开出一辆军用卡车，一下子把他的西瓜摊带翻了，西瓜滚了一地。他顾不上看摔破了、压烂了多少，纵起身来一把抓住卡车挡板后面的铁把手，哭喊着：

“你赔我！你赔我瓜！你赔我！”

卡车不理碴，尽快地往前开。

“你赔我！你赔我瓜！”

他的小弟弟迈着小腿在后面追：

“哥哥！哥哥！”

路旁行人大声喊：

“孩子，你撒手！他们不会赔你的！他们不讲理！孩子，撒手！快撒手！”

卡车飞快地开着，快开到珠市口了。郭庆春的胳臂吃不住劲了。他一松手，面朝下平拍在马路上。缓了半天，才坐起来。脸上、胸脯拉了好些的道道。围了好些人看。弟弟直哭：“哥哥！唔，哥哥！”郭庆春拉着弟弟的手往回走，一面回头向卡车开去的方向骂：“我操你妈！操你臭大兵的妈！”

在水管龙头上冲了冲，用擦西瓜刀的布擦擦脸，他还得做买卖。——他的滚散了的瓜已经有好心的大爷给他捡回来了。他接着吆唤：

“唉，闹块来！

我操你妈！

闹块来！

我操你臭大兵的妈！

闹块来！”

…………

舅舅又来了。舅舅听说外甥摔了的事了。他跟妹妹说：“庆春到底还小，在街面上混饭吃，还早了点。我看叫他学戏吧。没准儿将来有个出息。这孩长相不错，有个人缘儿，扮上了，不难看。我听他的吆唤，有点膛音。马连良家原先不也是挺苦的吗？你瞧人家这会儿，净吃蹦虾仁！”

妈知道学戏很苦，有点舍不得。经舅舅再三开导，同意了。舅舅带他到华春社科班报了名，立了“关书”。舅舅是常常写关书的，写完了，念给妹妹听听。郭庆春的妈听到：“生死由命，概不负责。若有逃亡，两家寻找。”她听懂了，眼泪直往下掉。她说：“孩子，你要肚里长牙，千万可不能半途而废！我就指着你了。你还有个弟弟！”郭庆春点头，说：“妈，您放心！”

学戏比卖西瓜有意思！

耗顶，撕腿。耗顶得耗一炷香，大汗珠子叭叭地往下滴，滴得地下湿了一片。撕腿，单这个“撕”字就叫人肝颤。把腿愣给撕开；撕得能伸到常人达不到的角度。学生疼得真掉眼泪，抄功的董老师还是使劲地把孩子们的两只小腿往两边掰，毫不怜惜，一面嘴里说：“若要人前显贵，必得人后受罪，小子，忍着点！”

接着，开小翻、开虎跳、前扑、蹿毛、倒插虎、乌龙搅柱、拧旋子、练云里翻……

这比卖西瓜有意思。

吃的是棒子面窝头、“三合油”，——韭菜花、青椒糊、酱油，倒在一个木桶里，拿开水一沏，这就是菜。学生们都吃得很香。郭庆春在出科以后多少年，在大城市的大旅馆里，甚至在国外，还会有时忽然想起三合油的香味，非常想喝一碗。大白菜下来的时候，就顿顿都是大白菜。有的时候，师父——班主忽然高了兴，在他的生日，或是买了几件得意的古董玉器，就吩咐厨子：“给他们炒蛋炒饭！”蛋炒饭油汪汪的，装在一个大缸里，管饱！撑得这些孩子一个一个挺腰凸肚。

师父是个喜怒无常的人。高了兴，给蛋炒饭吃，稍不高兴，就“打通堂”。全科学生，每人十板子，平均对待，无一幸免。这板子平常就供在祖师爷龛子的旁边，谁也不许碰，神圣得很。到要用的时候，“请”下来。掌刑的，就是抄功的董老师。他打学生很有功夫，节奏分明，不紧不慢，轻重如一，不偏不向。师父说一声“搬板凳！”董老师在鼻孔里塞两撮鼻烟，抹了个蝴蝶，用一块大手绢把右手腕子缠住（防止闪了腕子），学生就很自觉地从大到小挨着个儿撩起衣服，趴到板凳上，老老实实，规规矩矩，挨那份内应得的重重的十下。

“打通堂”的原因很多。几个馋嘴师哥把师父买回来放在冰箱里准备第二天吃的熏鸡偷出来分吃了；一个调皮捣蛋的学生在董老师的鼻烟壶里倒进了胡椒面了；一个小学生在台上尿了裤子了……都可以连累大家挨一顿打。

“打通堂”给同科的师兄师弟留下极其甘美的回忆。他们日后聚在一起，常常谈起某一次“打通堂”的经过，彼此互相补充，谈得津津有味。“打通堂”使他们的同学意识变得非常深刻，非常坚实。这对于维系他们的感情，作用比一册印刷精美的同学录要大得多。

一同喝三合油，一同挨“打通堂”，还一同生虱子，一同长疥，三四年很快过去了。孩子们都学会了几出戏，能应堂会，能上戏园子演出了。郭庆春学的是武生，能唱《哪吒闹海》、《蜈蚣岭》、《恶虎村》……（后来他当了教师，给学生开蒙，也是这几出）。因为他是个小白胖子（吃那种伙食也能长胖，真也是奇迹），长得挺好玩，在节日应景戏《天河配》里又总扮一个洗澡的小仙女，因此到他已经四十几岁，有儿有女的时候，旧日的同学还动不动以此事来取笑：“你得了吧！到天河里洗你的澡去吧！”

他们每天排着队上剧场。都穿的长衫、棉袍，冬天戴着小帽头，夏天露着刮得发青的光脑袋。从科班到剧场，要经过一个胡同。胡同里有一家卖炒疙瘩的，掌柜的是个跟郭庆春的妈差不多岁数的大娘，姓许。许大娘特别喜欢孩子，——男孩子。科班的孩子经过胡同时，她总站在门口一个一个地看他们。孩子们也知道许大娘喜欢他们，一个一个嘴很甜，走过跟前，都叫她：

“大娘!”

“哎!”

“大娘!”

“哎!”

许大娘知道科班里吃得很苦，就常常抓机会拉一两个孩子上她铺子里吃一盘炒疙瘩。轮流请。华春社的学生几乎全吃过她的炒疙瘩。以后他们只要吃炒疙瘩，就会想起许大娘。吃的次数最多的是郭庆春。科班学生排队从许大娘铺子门前走过，大娘常常扬声叫庆春：“庆春哪，你放假回家的时候，到大娘这儿弯一下。”——“哎。”

许大娘有个女儿，叫招弟，比郭庆春小两岁。她很爱和庆春一块玩。许大娘家后面有一个很小的院子，院里有一棵马缨花，两盆茉莉，还有几盆草花。郭庆春吃完了炒疙瘩（许大娘在疙瘩里放了好些牛肉，加了半勺油），他们就在小院里玩。郭庆春陪她玩女孩子玩的抓子儿，跳房子；招弟也陪庆春玩男孩子玩的弹球。谁输了，就让赢家弹一下脑绷，或是拧一下耳朵，刮一下鼻子，或是亲一下。庆春赢了，招弟歪着脑袋等他来亲。庆春只是尖着嘴，在她脸上碰一下。

“亲都不会！饶你一下，重来！”

郭庆春看见招弟耳垂后面有一颗红痣（他头二年就看到了），就在那个地方使劲地亲了一下。招弟咯咯地笑个不停：

“痒痒！”

从此每次庆春赢了，就亲那儿。招弟也愿意让他亲这儿。每次都咯咯地笑，都说“痒痒”。

有一次许大娘看见郭庆春亲招弟，说：“哪有这样玩的！”许大娘心里一沉：孩子们自己不知道，他们一天一天大了哇！

渐渐的，他们也知道自己大了，就不再这么玩了。招弟爱瞧戏。她家离戏园子近，跟戏园子的人都很熟，她可以随时钻进去看一会。她看郭庆春的《恶虎村》，也看别人的戏，尤其爱看旦角戏。看得多了，她自己也能唱两段。郭庆春会拉一点胡琴。后两年吃完了炒疙瘩，就是庆春拉胡琴，招弟唱“苏三离了洪洞县”、“儿的父去投军无音信”……招弟嗓子很好。郭庆春松了琴弦，合上弓，常说：“你该唱戏去的，耽误了，可惜！”

人大了，懂事了。他们有时眼对眼看着，看半天，不说话。马缨花一阵一阵地散发着清香。

许大娘也有了点心事。她很喜欢庆春。她也知道，如果由她做主把招弟许给庆春，招弟是愿意的。可是，庆春日后能成气候么？唱戏这玩意，唱红了，荣华富贵；唱不红，流落街头。等二年再说吧！

残酷的现实把许大娘的这点淡淡的梦砸得粉碎：庆春在快毕业的那年倒了仓，倒得很苦，——一字不出！“子弟无音客无本”，郭庆春见过多少师哥，在科班里是好角儿，一旦倒了仓，倒不过来，拉洋车，卖落花生，卖大碗茶。他惊恐万状，一身一身地出汗。他天不亮就到窑台喊嗓子，他听见自己那一点点病猫一样的嘶哑的声音，心都凉了。夜里做梦，念了一整出《连环套》，“愚下保镖，路过马兰关口……”脆亮响堂，高兴得从床上跳起来。一醒来，仍然是一字不出。祖师爷把他的饭碗收去了，他该怎么办呢？许大娘也知道庆春倒仓没倒过来了。招弟也知道了。她们也反反复复想了许多。

郭庆春只有两条路可走：当底包龙套，或是改行。

郭庆春坐科学戏是在敌伪时期，到他该出科时已经是抗战胜利，国民党中央军来了。“想中央，盼中央，中央来了更遭殃”。物价飞涨，剧场不上座。很多人连赶两包（在两处剧场赶两个角色），也奔不出一天的嚼裹儿。有人唱了一天戏，开的份儿只够买两个茄子，一家几口，就只好吃这两个熬茄子。满街都是伤兵，开口就是“老子抗战八年！”动不动就举起双拐打人。没开戏，他们就坐满了戏园子。没法子，就只好唱一出极其寡淡无味的戏，把他们唱走。有一出戏，叫《老道游山》，就一个角色——老道，拿着云帚，游山。游到哪里，“真好景致也”，唱一段，接着再游。没有别的人物，也没有一点故事情节，要唱多长唱多长。这出戏本来是评剧唱，后来京剧也唱。唱得这些兵大爷不耐烦了：“他妈的，这叫什么戏！”一哄而去。等他们走了，再开正戏。

很多戏曲演员都改了行了。郭庆春的前几科的师哥，有的到保定、石家庄贩鸡蛋，有的在北海管租船，有的卖了糊盐，——盐炒煳了，北京还有极少数人家用它来刷牙，可是这能卖几个钱？……

有嗓子的都没了辙了，何况他这没嗓子的。他在科班虽然不是数一数二的好角儿，可是是能唱一出的。当底包龙套，他不甘心！再说，当底包龙套也吃不饱呀！郭庆春把心一横：干脆，改行！

春秋两季，拉菜车，从广渠门外拉到城里。夏天，卖西瓜。冬天，卖柿子。一车青菜，两千多斤。头几回拉，累得他要吐血。咬咬牙，也就挺过来了。卖西瓜，是他的老行当。西瓜摊还是摆在陕西巷口外。因为嗓子没音，他很少吆唤。但是人大了，有了经验，隔皮知瓤，挑来的瓜个个熟。西瓜片切得很薄，显得块儿大。木板上铺了蓝布，潲了水，显着这些瓜鲜亮水淋，嗞嗞地往外冒着凉气。卖柿子没有三天的“力笨”，人家咋卖咱咋卖。找个背风的旮旯儿，把柿子挨个儿排在地上，就着路灯的光，照得柿子一个一个黄澄澄的，饱满鼓立，精神好看，谁看了都想到围着火炉嚼着带着冰碴的凉柿子的那股舒服劲儿。卖柿子的怕回暖，尤其怕刮风。一刮风，冻柿子就流了汤了。风再把尘土涂在柿子皮上，又脏又黑，满完！因此，郭庆春就盼着一冬天都是那么干冷干冷的。

卖力气，做小买卖，不丢人！街坊邻居不笑话他。他的还在唱戏和已经改了行的师兄弟有时路过，还停下来跟他聊一会。有的师哥劝他别把功撂下，早上起来也到陶然亭喊两嗓子。说是有人倒仓好几年，后来又缓过来的。没准儿，有那一天，还能归到梨园行来。郭庆春听了师哥的话，间长不短的，耗耗腿，拉拉山膀，无非是解闷而已。

郭庆春没有再去看许大娘。他拉菜车、卖西瓜、卖柿子，不怕碰见别的熟人，可就怕碰见许大娘母女。听说，许大娘搬了家了，搬到哪里，他也没打听。北京城那样大，人一分开，就像树上落下两片叶子，风一吹，各自西东了。

北京城并不大。

一天晚上，干冷干冷的。郭庆春穿了件小棉袄，蹲在墙旮旯。地面上的冷气从裆下一直透进他的后脊梁。一辆三轮车蹬了过来，车上坐了一个女的。

“三轮，停停。”

女的揭开盖在腿上的毛毯，下了车。

“这柿子不错，给我包四个。”

她扔下一条手绢，郭庆春挑了四个大的，包上了。他抬起头来，把手绢往上递：是许招弟！穿了一件长毛绒大衣。

许招弟一看，是郭庆春。

“你……这样了！”

郭庆春把脑袋低了下去。

许招弟把柿子钱丢在地下，坐上车，走了。

转过年来，夏天，郭庆春在陕西巷口卖西瓜，正吆唤着（他嗓子有了一点音了），巷里走出一个人来：

“卖西瓜的，递两个瓜来。——要好的。”

“没错！”

郭庆春挑了两个大黑皮瓜，对旁边的纸烟阁子的掌柜说：“劳您驾，给照看一下瓜摊。”——“你走吧。”郭庆春跟着要瓜的那人走，到了一家，这家正办喜事。堂屋正面挂着大红双喜幔帐，屋里屋外一股炮仗硝烟气味。两边摆着两桌酒。已经行过礼，客人入席了。郭庆春一看，新娘子是许招弟！她烫了发，抹了胭脂口红，耳朵下垂着水钻坠子。郭庆春把两个瓜放在旁边的小方桌上，拔腿就跑。听到后面有人喊。

“卖西瓜的，给你瓜钱！”

这是一个张恨水式的故事，一点小市民的悲欢离合。这样的故事在北京城每天都有。

北京解放了。

解放，使许多人的生活发生了急转直下的变化。许多故事产生了一个原来意想不到的结尾。

郭庆春万万没有想到，他会和一个老干部，一个科长结了婚，并且在结婚以后变成现在的郭导演。

北京解放以后，物价稳定，没有伤兵，剧场上座很好。很多改了行的演员又纷纷搭班唱戏了。他到他曾经唱过多次戏的剧场去听过几次蹭戏，紧锣密鼓，使他兴奋激动，筋肉伸张。随着锣经，他直替台上的同行使劲。

一个外地剧经到北京来约人。那个贩卖鸡蛋的师哥来找郭庆春：

“庆春，他们来找了我。我想去。我提了你。北京的戏不好唱。咱先到外地转转。你的功底我知道，这些年没有全撂下，稍稍练练，能捡回来。听你吆唤，嗓子出来了。咱们一块去吧。学了那些年，能就扔下吗？就你那几出戏，管保能震他们一下子。”

郭庆春沉吟了一会，说："去！"

到了那儿，安顿下了，剧团团长领他们几个新从北京约来的演员去见见当地文化局的领导。戏改科的杨科长接见了他们。杨科长很忙，一会接电话，一会在秘书送来的文件收文簿上签字，显得很果断，很有气魄。杨科长勉励了他们几句，说他们是剧团的"新血液"，希望他们发挥自己的专长，为人民服务。郭庆春连连称是。他对杨科长油然产生一种敬重之情。一个女的，能当科长，了不起！他觉得杨科长的举止动作，言谈话语，都像一个男人，不像是个女的。

重返舞台，心情紧张。一生成败，在此一举。三天"打炮"，提心吊胆。没有想到，一"炮"而红。他第一次听到台下的掌声，好像在做梦。第三天《恶虎村》，出来就有碰头好。以后"四记头"亮相，都有掌声。他扮相好，身上规矩，在台上很有人缘。他也的确是"卯上"了。经过了生活上的一番波折，他这才真正懂得在进科班时他妈跟他说的话："要肚里长牙"。他在台上从不偷工惜力，他深深知道把戏唱砸了，出溜下来，会有什么后果。他的戏码逐渐往后挪，从开场头一二出挪到中间，又挪到了倒第二。他很知足了，这就到了头。在科班时他就知道自己唱不了大轴，不是那材料。一个人能吃几碗干饭，自己清楚，别人也清楚。

杨科长常去看京剧团的戏。一半由于职务，一半出于爱好。他万万没有想到，她后来竟成了他的爱人。

郭庆春在阳台上忽然一个人失声笑了出来。他的女儿在屋里问："爸爸，你笑什么？"

他笑他们那个讲习会。市里举办了第一届全市旧艺人讲习会。局长是主任，杨科长是副主任。讲《新民主主义论》、社会发展史、政治经济学。小组讨论，真是笑话百出。杨科长一次在讲课时说："列宁说过……"一个拉胡琴的老艺人问："列宁是唱什么的？"——"列宁不是唱戏的。"——"哦，不是唱戏的，那咱们不知道。"又有一次，杨科长鼓励大家要有主人翁思想，这位老艺人没有听明白前言后语，站起来说："咱们是从旧社会来的，什么坏思想都有，就这主人翁思想，咱没有！"原来他以为主人翁思想就是想当班主的思想。

讲习会要发展一批党员。郭庆春被列为培养对象。杨科长时常找他个别谈话。鼓励他建立革命人生观，提高阶级觉悟，提高政治水平，要在政治上有表现，会上积极发言。郭庆春很认真也很诚恳地照办了。他大小会都发言。讲的最多的是新旧社会对比。他有切身感受，无须准备，讲得很真实，很生动。同行的艺人多有类似经历，容易产生共鸣。讲的人、听的人个个热泪盈眶，效果很好。讲习班结业时，讨论发展党员名单，他因为出身好，政治表现突出，很顺利地通过了。他的入党介绍人是杨科长和局长。

第一批发展的党员，回到剧团，全都成了剧团的骨干。郭庆春被提升为副团长、艺委会主任。

因为时常要到局里请示汇报工作，他和杨科长接触的机会就更多了。熟了，就不那么拘谨了，有时也说点笑话，聊点闲天。局里很多人叫杨科长杨大姐或大姐，郭庆春也随着叫。虽然叫大姐，他还是觉得大姐很有男子气。

没想到，大姐提出要跟他结婚。他目瞪口呆，结结巴巴，不知说什么好。他觉得和一个领导结婚，简直有点乱伦的味道，他想也没有想过。天地良心，他在大姐面前从来没有起过邪念。他当然同意。

杨科长的老战友们听说她结了婚，很诧异。听说是和一个京剧演员结婚，尤其诧异。她们想：她这是图什么呢？她喜欢他什么？

虽然结了婚，他们的关系还是上下级。不论是在工作上，在家里，她是领导，他是被领导。他习惯于“服从命令听指挥”，觉得这样很舒服，很幸福。

杨科长是个目光远大的人，她得给庆春（和她自己）安排一个远景规划的蓝图。庆春目前一切都很顺利，但要看到下一步。唱武生的，能在台上蹦跶多少年呢？照戏班里的说法，要找一个“落劲”。中央戏剧学院举办导演训练班，学员由各省推荐。市里分到一个名额，杨科长提出给郭庆春，科里、局里都同意。郭庆春在导演训练班学了两年，听过苏联专家的课，比较系统地知道斯坦尼斯拉夫斯基体系。毕业之后，回到剧团，大家自然刮目相看。这个剧团原来没有导演，要排新戏，排《三打祝家庄》、《红娘子》，不是向外地剧团学，“刻模子”，就是请话剧团的导演来排。郭庆春学成归来，就成了专职导演。剧团里的人，有人希望他露两手，有人等着看他的笑话。接连排了两个戏，他全“拿”下来了。他并没有用一些斯坦尼的术语去唬人，他知道那样会招人反感。他用一些戏曲演员所熟悉，所能接受的行话临场指挥。比如，他不说“交流”，却说“过电”，——“你们俩得过电哪！”他不说什么“情绪的记忆”这样很玄妙的词儿，他只说是“神气”。“你要长神气。——长一点，再长一点！”他用的舞台调度也无非还是斜胡同、蛇蜕皮……但是变了一下，就使得演员既“过得去”、“走得上来”，又觉得新鲜。郭导演的威信建立起来了。从此，他不上舞台了。有时，有演员病了，他上去顶一角，人们就要竖大拇指：“瞧人家郭导演，不拿导演架子！好样儿的！”

不但在本剧团，外剧团也常请他。京剧、评剧、梆子，他全导过。一通百通，应付裕如。他导的戏，已经不止一出拍成了戏曲艺术片。“郭庆春”三个字印在影片的片头，街头的广告上。

他不会再卖西瓜，卖柿子了。

他曾经两次参加戏剧代表团出国，到过东欧、苏联，到过朝鲜。他听了曾经出过国的师哥的建议，带了一包五香粉，一盒固体酱油，于是什么高加索烤羊肉、带血的煎牛排，他都能对付。他很想带一罐臭豆腐，经同行团员的劝阻，才没有带。量服装的时候，问他大衣要什么料子，他毫不迟疑地说：“长毛绒！”服装厂的同志说在外国，男人没有穿长毛绒的，这才改为海军呢。

他在国外照了好多照片，黑白的，还有彩色的。他的爱人一张一张地贴在仿古缎面的相册上。这些照片上的郭庆春全都是器宇轩昂，很像个大导演。

由于爱人的活动（通过各种“老战友”的关系）他已经调到北京的剧团里来了。他的母亲还健在。他的弟弟由于他的资助，上了学，现在在一家工厂当出纳。他有了一个女儿，已经上小学了。他有一套三居室的单元。他在剧团里自然也有气儿不顺的时候：为一个戏置景置装的费用，演员的“人位”，和领导争得面红耳赤，摔门，拍桌子；偶尔有很“葛”的演员调皮捣蛋“吊腰子”，当面顶撞，出言不逊，气得他要休克，但是这样的时候不多，一年也只是七八次。总的说来，一切都很顺利。他对自己的生活很满意。因为满意，就没有理由不发胖，于是就发胖了。

他的感情是平稳的、柔软的、滑润的，像一块奶油（从国外回来，他养成爱吃奶油的习惯）。

今天遇见了一件事，使他的情绪有一点小小的波动。

剧团招收学员，他是主考。排练厅里摆了一张乒乓案子，几把椅子。他坐在正中的一把上。像当初他进科班时被老师考察一样，一个一个考察着来应试的男孩子、女孩子。看看他们的相貌，体格，叫他们唱两句，拉一个山膀，踢踢腿，——来应试的孩子多半在家里请人教过，都能唱几句，走几个“身上”。然后在名单上用铅笔做一些记号。来应试的女孩子里有一个叫于小玲。这孩子一走出来，郭庆春就一愣，这孩长得太像一个人了。他有点走神。于小玲的唱（她唱的是“苏三离了洪洞县”），所走的“身子”，他都没有认真地听，看，名单上于小玲的名字底下，什么记号也没有做。

学员都考完了，于小玲往外走。郭庆春叫住她：

“于小玲。”

于小玲站住：

“您叫我？”

“……你妈姓什么？”

“姓许。”

没错，是许招弟的女儿。

“你爸爸……对，姓于。他还好吗？”

“我爸死了，有五年了。”

“你妈挺好？”

“还可以。”

“……她还是那样吗？”

“您认得我妈？”

“认得。”

“我妈就在外面。妈——！”

于小玲走出排练厅，郭庆春也跟着走出来。

迎面走过来许招弟。

许招弟还那样，只是憔悴瘦削，显老了。

“妈，这是郭导演。”

许招弟看着郭庆春，很客气地称呼一声：

“郭导演！”

郭庆春不知怎么称呼她好，也不能像小时候一样叫她招弟，只好含含糊糊地应了一声，问道：

“您倒好？”

“还凑合。”

“多年不见了。”

“有年头了。——这孩子，您多关照。”

“她不错。条件挺好。”

“回见啦。”

“回见！”

许招弟领着女儿转身走了。郭庆春看见她耳垂后面那颗红痣，有些怅惘。

以上，是京剧导演郭庆春在晚饭之后，微醺之中，闻着一阵一阵的马缨花的香味时所想的一些事。想的时候自然是飘飘忽忽，断断续续的。如果用意识流方法照实地记录下来，将会很长。为省篇幅，只能挑挑拣拣，加以剪裁，简单地勾出一个轮廓。

郭导演想：……一个人走过的路真是很难预料。如果不是解放了，他会是什么样子呢？也许还是卖西瓜、卖柿子、拉菜车？……如果他出科时不倒仓，又会是什么样子呢？也许他就唱红了，也许就会和许招弟结了婚。那么于小玲就会是他的女儿，她会不姓于，而姓郭？……

他正在这样漫无边际地想下去，他的女儿在屋里娇声喊道：

“爸，你进来，我要你！”

正好夹在手里的大前门已经吸完，烟头烧痛了他的手指，他把烟头往楼下的马缨花树帽上一扔，进屋去了。

第二天，郭导演上午导了一场戏，中午，几个小青年拉他去挑西瓜。

“郭导演，给我们挑一个瓜。”

“去一边去！当导演的还管挑西瓜呀！”

但还是被他们连推带拽地去了。他站在一堆西瓜前面巡视一下，挑了一个，用右手大拇指按在瓜皮上，用力往前一蹭，放在耳朵边听一听，轻轻拍一下：

“就这个！保证脆沙瓤。生了，娄了，我给钱！”

他抄起案子上的西瓜刀，一刀切过去，只听见咔嚓一声，瓜裂开了：薄皮、红瓤、黑籽。

卖瓜的惊奇地问：

“您卖过瓜？”

“我卖瓜的那阵，还没有你哪！哈哈哈哈……”

他大笑着走回剧团。谁也不知道他的笑声里包含了多少东西。

过了几天，招考学员发了榜，于小玲考取了。人们都说，是郭导演给她使了劲。

晚饭花

晚饭花就是野茉莉。因为是在黄昏时开花，晚饭前后开得最为热闹，故又名晚饭花。

野茉莉，处处有之，极易繁衍。高二三尺，枝叶披纷，肥者可荫五六尺。花如茉莉而长大，其色多种易变。子如豆，深黑有细纹。中有瓤，白色，可作粉，故又名粉豆花。曝干作蔬，与马兰头相类。根大者如拳、黑硬，俚医以治吐血。

——吴其濬：《植物名实图考》

珠子灯

这里的风俗，有钱人家的小姐出嫁的第二年，娘家要送灯。送灯的用意是祈求多子。元宵节前几天，街上常常可以看到送灯的队伍。几个女佣人，穿了干净的衣服，头梳得光光的，戴着双喜字大红绒花，一人手里提着一盏灯；前面有几个吹鼓手吹着细乐。远远听到送灯的箫笛，很多人家的门就开了。姑娘、媳妇走出来，倚门而看，且指指点点，悄悄评论。这也是一年的元宵节景。

一堂灯一般是六盏。四盏较小，大都是染成红色或白色而画了红花的羊角琉璃泡子。一盏是麒麟送子：一个染色的琉璃角片扎成的娃娃骑在一匹麒麟上。还有一盏是珠子灯：绿色的玻璃珠子穿扎成的很大的宫灯。灯体是八扇玻璃，漆着红色的各体寿字，其余部分都是珠子，顶盖上伸出八个珠子的凤头，凤嘴里衔着珠子的小幡，下缀珠子的流苏。这盏灯分量相当的重，送来的时候，得两个人用一根扁担抬着。这是一盏主灯，挂在房间的正中。旁边是麒麟送子，琉璃泡子挂在四角。

到了“灯节”的晚上，这些灯里就插了红蜡烛，点亮了。从十三“上灯”到十八“落灯”，接连点几个晚上。平常这些灯是不点的。

屋里点了灯，气氛就很不一样了。这些灯都不怎么亮（点灯的目的原不是为了照明），但很柔和。尤其是那盏珠子灯，洒下一片淡绿的光。绿光中珠幡的影子轻轻地摇曳，如梦如水，显得异常安静。元宵的灯光扩散着吉祥、幸福和朦胧暧昧的希望。

孙家的大小姐孙淑芸嫁给了王家的二少爷王常生。

她屋里就挂了这样六盏灯。不过这六盏灯只点过一次。

王常生在南京读书，秘密地加入了革命党，思想很新。订婚以后，他请媒人捎话过去：请孙小姐把脚放了。孙小姐的脚当真放了，放得很好，看起来就不像裹过的。

孙小姐是个才女。孙家对女儿的教育很特别，教女儿读诗词。除了《长恨歌》、《琵琶行》，孙小姐能背全本《西厢记》。嫁过来以后，她也看王常生带回来的黄遵宪的《日本国志》和林译小说《迦茵小传》、《茶花女遗事》……

两口子琴瑟和谐，感情很好。

不料王常生在南京得了重病，抬回来不到半个月，就死了。

王常生临死对夫人留下遗言："不要守节"。

但是说了也无用。孙王二家都是书香门第，从无再婚之女。改嫁，这种念头就不曾在孙小姐的思想里出现过。这是绝不可能的事。

从此，孙小姐就一个人过日子。这六盏灯也再没有点过了。

她变得有点古怪了，她屋里的东西都不许人动。王常生活着的时候是什么样子，永远是什么样子，不许挪动一点。王常生用过的手表、座钟、文具，还有他养的一盆雨花石，都放在原来的位置。孙小姐原是个爱洁成癖的人，屋里的桌子椅子、茶壶茶杯，每天都要用清水洗三遍。自从王常生死后，除了过年之前，她亲自监督着一个从娘家陪嫁过来的女佣人大洗一天之外，平常不许擦拭。里屋炕几上有一套茶具：一个白瓷的茶盘，一把茶壶，四个茶杯。茶杯倒扣着，上面落了细细的尘土。茶壶是荸荠形的扁圆的，茶壶的鼓肚子下面落不着尘土，茶盘里就清清楚楚留下一个干净的圆印子。

她病了，说不清是什么病。除了逢年过节起来几天，其余的时间都在床上躺着，整天地躺着。除了那个女佣人，没有人上她屋里去。

她就这么躺着，也不看书，也很少说话，屋里一点声音没有。她躺着，听着天上的风筝响，斑鸠在远远的树上叫着双声，“鹁鸪鸪——咕，鹁鸪鸪——咕”，听着麻雀在檐前打闹，听着一个大蜻蜓振动着透明的翅膀，听着老鼠咬啮着木器，还不时听到一串滴滴答答的声音，那是珠子灯的某一处流苏散了线，珠子落在地上了。

女佣人在扫地时，常常扫到一二十颗散碎的珠子。

她这样躺了十年。

她死了。

她的房门锁了起来。

从锁着的房间里，时常还听见散线的玻璃珠子滴滴答答落在地板上的声音。

晚饭花

李小龙的家在李家巷。

这是一条南北向的巷子，相当宽，可以并排走两辆黄包车。但是不长，巷子里只有几户人家。

西边的北口一家姓陈。这家好像特别的潮湿，门口总飘出一股湿布的气味，人的身上也带着这种气味。他家有好几棵大石榴，比房檐还高，开花的时候，一院子都是红通通的。结的石榴很大，垂在树枝上，一直到过年下雪时才剪下来。

陈家往南，直到巷子的南口，都是李家的房子。

东边，靠北是一个油坊的堆栈，粉白的照壁上黑漆八个大字："双窨香油，照庄发客"。

靠南一家姓夏。这家进门就是锅灶，往里是一个不小的院子。这家特别重视过中秋。每年的中秋节，附近的孩子就上他们家去玩，去看院子里还在开着的荷花，几盆大桂花，缸里养的鱼；看他家在院子里摆好了的矮脚的方桌，放了毛豆、芋头、月饼、酒壶，准备一家赏月。

在油坊堆栈和夏家之间，是王玉英的家。

王家人很少，一共三口。王玉英的父亲在县政府当录事，每天一早便提着一个蓝布笔袋，一个铜墨盒去上班。王玉英的弟弟上小学。王玉英整天一个人在家。她老是在她家的门道里做针线。

王玉英家进门有一个狭长的门道。三面是墙：一面是油坊堆栈的墙，一面是夏家的墙，一面是她家房子的山墙。南墙尽头有一个小房门，里面才是她家的房屋。从外面是看不见她家的房屋的。这是一个长方形的天井，一年四季，照不进太阳。夏天很凉快，上面是高高的蓝天，正面的山墙脚下密密地长了一排晚饭花。王玉英就坐在这个狭长的天井里，坐在晚饭花前面做针线。

李小龙每天放学，都经过王玉英家的门外。他都看见王玉英（他看了陈家的石榴，又看了“双窨香油，照庄发客”，还会看看夏家的花木）。晚饭花开得很旺盛，它们使劲地往外开，发疯一样，喊叫着，把自己开在傍晚的空气里。浓绿的，多得不得了的绿叶子；殷红的，胭脂一样的，多得不得了的红花；非常热闹，但又很凄清。没有一点声音。在浓绿浓绿的叶子和乱乱纷纷的红花之前，坐着一个王玉英。

这是李小龙的黄昏。要是没有王玉英，黄昏就不成其为黄昏了。

李小龙很喜欢看王玉英，因为王玉英好看。王玉英长得很黑，但是两只眼睛很亮，牙很白。王玉英有一个很好看的身子。

红花、绿叶、黑黑的脸、明亮的眼睛、白的牙，这是李小龙天天看的一张画。

王玉英一边做针线，一边等着她的父亲。她已经焖好饭了，等父亲一进门就好炒菜。

王玉英已经许了人家。她的未婚夫是钱老五。大家都叫他钱老五。不叫他的名字，而叫钱老五，有轻视之意。老人们说他“不学好”。人很聪明，会画两笔画，也能刻刻图章，但做事没有长性。教两天小学，又到报馆里当两天记者。他手头并不宽裕，却打扮得像个阔少爷，穿着细毛料子的衣裳，梳着油光光的分头，还戴了一副金丝眼镜。他交了许多“三朋四友”，风流浪荡，不务正业。都传说他和一个寡妇相好，有时就住在那个寡妇家里，还花寡妇的钱。

这些事也传到了王玉英的耳朵里。连李小龙也都听说了嘛，王玉英还能不知道？不过王玉英倒不怎么难过。她有点半信半疑。而且她相信她嫁过去，他就会改好的。她看见过钱老五，她很喜欢他的人才。

钱老五不跟他的哥哥住。他有一所小房，在臭河边。他成天不在家，门老是锁着。

李小龙知道钱老五在哪里住。他放学每天经过。他有时扒在门缝上往里看：里面有三间房，一个小院子，有几棵树。

王玉英也知道钱老五的住处。她路过时，看看两边没有人，也曾经扒在门缝上往里看过。

有一天，一顶花轿把王玉英抬走了。

从此，这条巷子里就看不见王玉英了。

晚饭花还在开着。

李小龙放学回家，路过臭河边，看见王玉英在钱老五家门前的河边淘米。只看见一个背影。她头上戴着红花。

李小龙觉得王玉英不该出嫁，不该嫁给钱老五。他很气愤。

这世界上再也没有原来的王玉英了。

三姊妹出嫁

秦老吉是个挑担子卖馄饨的。他的馄饨担子是全城独一份，他的馄饨也是全城独一份。

这副担子非常特别。一头是一个木柜，上面有七八个扁扁的抽屉；一头是安放在木柜里的烧松柴的小缸灶，上面支一口紫铜浅锅。铜锅分两格，一格是骨头汤，一格是下馄饨的清水。扁担不是套在两头的柜子上，而是打的时候就安在柜子上，和两个柜子成一体。扁担不是直的，是弯的，像一个罗锅桥。这副担子是楠木的，雕着花，细巧玲珑，很好看。这好像是《东京梦华录》时期的东西，李嵩笔下画出来的玩意儿。秦老吉老远地来了，他挑的不像是馄饨担子，倒好像挑着一件什么文物。这副担子不知道传了多少代了，因为材料结实，做工精细，到现在还很完好。

别人卖的馄饨只有一种，葱花水打猪肉馅。他的馄饨除了猪肉馅的，还有鸡肉馅的、螃蟹馅的，最讲究的是荠菜冬笋肉末馅的，——这种肉馅不是用刀刃而是用刀背剁的！作料也特别齐全，除了酱油、醋，还有花椒油、辣椒油、虾皮、紫菜、葱末、蒜泥、韭花、芹菜和本地人一般不吃的芫荽。馄饨分别放在几个抽屉里，作料敞放在外面，任凭顾客各按口味调配。

他的器皿用具也特别精洁——他有一个拌馅用的深口大盘，是雍正青花！

笃——笃笃，秦老吉敲着竹梆，走来了。找一个柳荫，把担子歇下，竹梆敲出一串花点，立刻就围满了人。

秦老吉就用这副担子，把三个女儿养大了。

秦老吉的老婆死得早，给他留下三个女儿。大凤、二凤和小凤。三个女儿，一个比一个小一岁，梯子蹬似的。三个丫头一个模样，像一个模子脱出来的。三个姑娘，像三张画。有人跟秦老吉说："应该叫你老婆再生一个的，好凑成一套四扇屏儿！”

姊妹三个，从小没娘，彼此提挈，感情很好。一家人都很勤快。一进门，清清爽爽，干净得像明矾澄过的清水。谁家娶了邋遢婆娘，丈夫气急了，就说：“你到秦老吉家看看去！”三姊妹各有所长，分工负责。大裁大剪，单夹皮棉——秦老吉冬天穿一件山羊皮的背心，是大姐的；锅前灶后，热水烧汤，是二姐的；小妹妹小，又娇，两个姐姐惯着她，不叫她做重活，她就成天地挑花绣朵。她把两个姐姐绣得全身都是花。围裙上、鞋尖上、手帕上、包头布上，都是花。这些花里有一样必不可少的东西，是凤。

姊妹三个都大了。一个十八，一个十七，一个十六。该嫁了。这三只凤要飞到哪棵梧桐树上去呢？

三姊妹都有了人家了。大姐许了一个皮匠，二姐许了一个剃头的，小妹许的是一个卖糖的。

皮匠的脸上有几颗麻子，一街人都叫他麻皮匠。他在东街的“乾陞和”茶食店廊檐下摆一副皮匠担子。“乾陞和”的门面很宽大，除了一个柜台，两边竖着的两块碎白石底子堆刻黑漆大字的木牌——一块写着“应时糕点”，一块写着“满汉饽饽”。这之外，没有什么东西，放一副皮匠担子一点不碍事。麻皮匠每天一早，“乾陞和”才开了门，就拿起一把长柄的笤帚把店堂打扫干净，然后就在“满汉饽饽”下面支起担子，开始绱鞋。他是个手脚很快的人。走起路来腿快，绱起鞋来手快。只见他把锥子在头发里“光”两下，一锥子扎过鞋帮鞋底，把两根用猪鬃引着的蜡线对穿过去，噌——噌，两把就绱了一针。流利合拍，均匀紧凑。他绱鞋的时候，常有人歪着头看。绱鞋，本来没有看头，但是麻皮匠绱鞋就能吸引人。大概什么事做得很精熟，就很美了。因为手快，麻皮匠一天能比别的皮匠多绱好几双鞋。不但快，绱得也好。针脚细密，楦得也到家，穿在脚上，不易走样。因此，他生意很好。也因此，落下“麻皮匠”这样一个称号。人家做好了鞋，叫佣人或孩子送去绱，总要叮嘱一句：“送到麻皮匠那里去。”这街上还有几个别的皮匠。怕送错了。他脸上的那几颗麻子就成了他的标志。他姓什么呢？好像是姓马。

二姑娘的婆家姓时。老公公名叫时福海。他开了一爿剃头店，字号也就是“时福海记”。剃头的本属于“下九流”，他的店铺每年贴的春联却是：“头等事业，顶上生涯”。自从满清推翻，建立民国，人们剪了辫子，他的店铺主要是剃光头，以“水热刀快”为号召。时福海像所有的老剃头待诏一样，还擅长向阳取耳（掏耳朵），捶背拿筋。剃完头，用两只拳头给顾客哔哔剥剥地捶背（捶出各种节奏和清浊阴阳的脆响），噔噔地揪肩胛后的

“懒筋”——捶、揪之后，真是“浑身通泰”。他还专会治“落枕”。睡落了枕，歪着脖子走进去，时福海把你的脑袋搁在他弓起的大腿上，两手扶着下颚，轻试两下，“咔叭”——就扳正了！老年间，剃头匠是半个跌打医生。

这地方不知怎么会有这么一个传统，剃头的多半也是吹鼓手（不是所有的剃头匠都是吹鼓手，也不是所有的吹鼓手都是剃头匠）。时福海就也是一个吹鼓手。他吹唢呐，两腮鼓起两个圆圆的鼓包，憋得满脸通红。他还会“进曲”。好像一城的吹鼓手里只有他会，或只有他擅长于这个玩意儿。人家办丧事，“六七”开吊，在“初献”、“亚献”之后，有“进曲”这个项目。赞礼的礼生喝道“进——曲！”时福海就拿了一面荸荠鼓，由两个鼓手双笛伴奏，唱一段曲子。曲词比昆曲还要古，内容是“神仙道化”，感叹人生无常，有《薤露》、《蒿里》遗意，很可能是元代的散曲。时福海自己也不知道唱的是什么，但还是唱得感慨唏嘘，自己心里都酸溜溜的。

时代变迁，时福海的这一套有点吃不开了。剃光头的人少了，“水热刀快”不那么有号召力了。卫生部门天天宣传挖鼻孔、挖耳朵不卫生。懂得享受捶背揪懒筋的乐趣的人也不多了。时福海忽然变成一个举动迟钝的老头。

时福海有两个儿子。下等人不避父讳，大儿子叫大福子，小儿子叫小福子。

大福子很能赶潮流。他把逐渐暗淡下去的“时福海记”重新装修了一下，门窗柱壁，油漆一新，全都是奶油色，添了三面四尺高、二尺宽的大玻璃镜子。三面大镜之间挂了两个狭长的镜框，里面嵌了磁青砑银的蜡笺对联，请一个擅长书法的医生汪厚基浓墨写了一副对子：

不教白发催人老
更喜春风满面生

他还置办了“夜巴黎”的香水，“司丹康”的发蜡。顶棚上安了一面白布制成的“风扇”，有滑车牵引，叫小福子坐着，一下一下地拉“风扇”的绳子，使理发的人觉得“清风徐来”，十分爽快。这样，“时福海记”就又兴旺起来了。

大福子也学了吹鼓手。笙箫管笛，无不精通。

这地方不知怎么会流传“倒扳桨”、“跌断桥”、“剪靛花”之类的《霓裳续谱》、《白雪遗音》时期的小曲。平常人不唱，唱的多是理发的、搓澡的、修脚的、裁缝、做豆腐的年轻子弟。他们晚上常常聚在“时福海记”唱，大福子弹琵琶。“时福海记”外面站了好些人在听。

二凤要嫁的就是大福子。

三姑娘许的这家苦一点，姓吴，小人叫吴颐福，是个遗腹子。家里只有两个人，一个老母亲，是个踮脚，走起路来一踮一踮的。母子二人，相依为命。妈妈很慈祥，儿子很孝顺。吴颐福是个很聪明的人，十五岁上就开始卖糖。卖糖和卖糖可不一样。他卖的不是普通的芝麻糖、花生糖，他卖的是“样糖”。他跟一个师叔学会了一宗手艺：能把白糖化了，倒在模子里，做成大小不等的福禄寿三星、财神爷、麒麟送子。高的二尺，矮的五寸，衣纹生动，须眉清楚；还能把糖里加了色，不用模子，随手吹出各种瓜果，桃、梨、苹果、佛手，跟真的一样，最好看的是南瓜：金黄的瓜，碧绿的蒂子，还开着一朵淡黄的瓜花。这种糖，人家买去，都是当摆设，不吃。——吃起来有什么意思呢，还不是都是糖的甜味！卖得最多的是糖兔子。白糖加麦芽糖熬了，切成梭子形的一块一块，两头用剪刀剪开，一头窝进腹下，是脚；一头便是耳朵。耳朵下捏一下，便是兔子脸，两边嵌进两粒马料豆，一个兔子就成了！马料豆有绿豆大，一头是通红的，一头是漆黑的。这种豆药店里卖，平常配药很少用它，好像是天生就为了做糖兔的眼睛用的！这种糖兔子很便宜，一般的孩子都买得起。也吃了，也玩了。

师叔死后，这门手艺成了绝活儿，全城只有吴颐福一个人会，因此，他的生意是不错的。

他做的这些艺术品都放在擦得晶亮的玻璃橱子里，在肩上挑着。他的糖担子好像一个小型的展览会，歇在哪里，都有人看。

麻皮匠、大福子、吴颐福，都住得离秦老吉家不远。大姑娘、二姑娘、三姑娘几乎每天都能看到她们的女婿。姐儿仨有时在一起互相嘲戏。三姑娘小凤是个镴嘴子〔1〕，咭咭呱呱，对大姐姐说：

“十个麻子九个俏，不是麻子没人要！”

大姐啐了她一口。

她又对二姐姐说：

“姑娘姑娘真不丑，一嫁嫁个吹鼓手。吃冷饭，喝冷酒，坐人家大门口！”〔2〕

二姐也啐了她一口。

两个姐姐容不得小凤如此放肆，就一齐反唇相讥：

“敲锣卖糖，各干各行！”

小妹妹不干了，用拳头捶两个姐姐：

“卖糖怎么啦！卖糖怎么啦！”

秦老吉正在外面拌馅儿，听见女儿打闹，就厉声训

---

〔1〕 镴嘴子是一种鸟，喙大而硬。此地说嘴尖舌巧的姑娘为镴嘴子，其实镴嘴子哑着的时候多，不善鸣叫。

〔2〕 这是当地童谣。“吃冷饭，喝冷酒”也有说成“吃人家饭，喝人家酒”的。

斥道：

“靠本事吃饭，比谁也不低。麻油拌芥菜，各有心中爱，谁也不许笑话谁！”

三姊妹听了，都吐了舌头。

姐儿仨同一天出门子，都是腊月二十三。一顶花轿接连送了三个人。时辰倒是错开了。头一个是小凤，日落酉时。第二个是大凤，戌时。最后才是二凤。因为大福子要吹唢呐送小姨子，又要吹唢呐送大姨子。轮到他拜堂时已是亥时。给他吹唢呐的是他的爸爸时福海。时福海吹了一气，又坐到喜堂去受礼。

三天回门。三个姑爷，三个女儿都到了。秦老吉办了一桌酒，除了鸡鸭鱼肉，他特意包了加料三鲜馅的绉纱馄饨，让姑爷尝尝他的手艺。鲜美清香，自不必说。

三个女儿的婆家，都住得不远，两三步就能回来看看父亲。炊煮扫除，浆洗缝补，一如往日。有点小灾小病，头疼脑热，三个女儿抢着来伺候，比没出门时还殷勤。秦老吉心满意足，毫无遗憾。他只是有点发愁：他一朝撒手，谁来传下他的这副馄饨担子呢？

笃——笃笃，秦老吉还是挑着担子卖馄饨。

真格的，谁来继承他的这副古典的，南宋时期的，楠木的馄饨担子呢？

鉴赏家

全县第一个大画家是季匋民，第一个鉴赏家是叶三。

叶三是个卖果子的。他这个卖果子的和别的卖果子的不一样。不是开铺子的，不是摆摊的，也不是挑着担子走街串巷的。他专给大宅门送果子。也就是给二三十家送。这些人家他走得很熟，看门的和狗都认识他。到了一定的日子，他就来了。里面听到他敲门的声音，就知道：是叶三。挎着一个金丝篾篮，篮子上插一把小秤，他走进堂屋，扬声称呼主人。主人有时走出来跟他见见面，有时就隔着房门说话。“给您称——？”——“五斤”。什么果子，是看也不用看的，因为到了什么节令送什么果子都是一定的。叶三卖果子从不说价。买果子的人家也总不会亏待他。有的人家当时就给钱，大多数是到节下（端午、中秋、新年）再说。叶三把果子称好，放在八仙桌上，道一声“得罪”，就走了。他的果子不用挑，个个都是好的。他的果子的好处，第一是得四时之先。市上还没有见这种果子，他的篮子里已经有了。第二是都很大，都均匀，很香，很甜，很好看。他的果子全都从他手里过过，有疤的、有虫眼的、挤筐、破皮、变色、过小的全都剔下来，贱价卖给别的果贩。他的果子都是原装；有些是直接到产地采办来的，都是“树熟”，——不是在米糠里闷熟了的。他经常出外，出去买果子比他卖果子的时间要多得多。他也很喜欢到处跑。四乡八镇，哪个园子里，什么人家，有一棵什么出名的好果树，他都知道，而且和园主打了多年交道，熟得像是亲家一样了。——别的卖果子的下不了这样的功夫，也不知道这些路道。到处走，能看很多好景致，知道各地乡风，可资谈助，对身体也好。他很少得病，就是因为路走得多。

立春前后，卖青萝卜。“棒打萝卜”，摔在地下就裂开了。杏子、桃子下来时卖鸡蛋大的香白杏，白得像一团雪，只嘴儿以下有一根红线的“一线红”蜜桃。再下来是樱桃，红的像珊瑚，白的像玛瑙。端午前后，枇杷。夏天卖瓜。七八月卖河鲜：鲜菱、鸡头、莲蓬、花下藕。卖马牙枣、卖葡萄。重阳近了，卖梨：河间府的鸭梨、莱阳的半斤酥，还有一种叫做“黄金坠子”的香气扑人个儿不大的甜梨。菊花开过了，卖金橘，卖蒂部起脐子的福州蜜橘。入冬以后，卖栗子、卖山药（粗如小儿臂）、卖百合（大如拳）、卖碧绿生鲜的檀香橄榄。

他还卖佛手、香橼。人家买去，配架装盘，书斋清供，闻香观赏。

不少深居简出的人，是看到叶三送来的果子，才想起现在是什么节令了的。

叶三卖了三十多年果子，他的两个儿子都成人了。他们都是学布店的，都出了师了。老二是三柜，老大已经升为二柜了。谁都认为老大将来是会升为头柜，并且会当管事的。他天生是一块好材料。他是店里头一把算盘，年终结总时总得由他坐在账房里哔哔剥剥打好几天。接待厂家的客人，研究进货（进货是个大学问，是一年的大计，下年多进哪路货，少进哪路货，哪些必须常备，哪些可以试销，关系全年的盈亏），都少不了他。老二也很能干。量尺、撕布（撕布不用剪子开口，两手的两个指头夹着，借一点巧劲，嗤——的一声，布就撕到头了），干净利落。店伙的动作快慢，也是一个布店的招牌。顾客总愿意从手脚麻利的店伙手里买布。这是天分，也靠练习。有人就一辈子都是迟钝笨拙，改不过来。不管干哪一行，都是人比人，这是没有办法的事。弟兄俩都长得很神气，眉清目秀，不高不矮。布店的店伙穿得都很好。什么料子时新，他们就穿什么料子。他们的衣料当然是价廉物美的。他们买衣料是按进货价算的，不加利润；若是零头，还有折扣。这是布店的规矩，也是老板乐为之的，因为店伙穿得时髦，也是给店里装门面的事。有的顾客来买布，常常指着店伙的长衫或翻在外面的短衫的袖子："照你这样的，给我来一件。"

弟兄俩都已经成了家，老大已经有一个孩子，——叶三抱孙子了。

这年是叶三五十岁整生日，一家子商量怎么给老爷子做寿。老大老二都提出爹不要走宅门卖果子了，他们养得起他。

叶三有点生气了：

"嫌我给你们丢人？两位大布店的'先生'，有一个卖果子的老爹，不好看？"

儿子连忙解释：

"不是的。你老人家岁数大了，老在外面跑，风里雨里，水路旱路，做儿子的心里不安。"

"我跑惯了。我给这些人家送惯了果子。就为了季四太爷一个人，我也得卖果子。"

季四太爷即季匋民。他大排行是老四，城里人都称之为四太爷。

"你们也不用给我做什么寿。你们要是有孝心，把四太爷送我的画拿出去裱了，再给我打一口寿材。"这里有这样一种风俗，早早就把寿材准备下了，为的讨个吉利：添福添寿。于是就都依了他。

叶三还是卖果子。

他真是为了季匋民一个人卖果子的。他给别人家送果子是为了挣钱，他给季匋民送果子是为了爱他的画。

季匋民有一个脾气，一边画画，一边喝酒。喝酒不就菜，就水果。画两笔，凑着壶嘴喝一大口酒，左手拈一片水果，右手执笔接着画。画一张画要喝二斤花雕，吃斤半水果。

叶三搜罗到最好的水果，总是首先给季匋民送去。

季匋民每天一起来就走进他的小书房——画室。叶三不须通报，由一个小六角门进去，走过一条碎石铺成的冰花曲径，隔窗看见季匋民，就提着、捧着他的鲜果走进去。

“四太爷，枇杷，白沙的！”

“四太爷，东墩的西瓜，三白！——这种三白瓜有点梨花香味，别处没有！”

他给季匋民送果子，一来就是半天。他给季匋民磨墨、漂朱膘、研石青石绿、抻纸。季匋民画的时候，他站在旁边很入神地看，专心致意，连大气都不出。有时看到精彩处，就情不自禁地深深吸一口气，甚至小声地惊呼起来。凡是叶三吸气、惊呼的地方，也正是季匋民的得意之笔。季匋民从不当众作画，他画画有时是把书房门锁起来的。对叶三可例外，他很愿意有这样一个人在旁边看着，他认为叶三真懂，叶三的赞赏是出于肺腑，不是假充内行，也不是谀媚。

季匋民最讨厌听人谈画。他很少到亲戚家应酬。实在不得不去的，他也是到一到，喝半盏茶就道别。因为席间必有一些假名士高谈阔论。因为季匋民是大画家，这些名士就特别爱在他面前评书论画，借以卖弄自己高雅博学。这种议论全都是道听途说，似通不通。季匋民听了，实在难受。他还知道，他如果随声答音，应付几句，某一名士就会在别的应酬场所重贩他的高论，且说："兄弟此言，季匋民亦深为首肯。"

但是他对叶三另眼相看。

季匋民最佩服李复堂〔1〕。他认为扬州八怪里李复堂功力最深，大幅小品都好，有笔有墨，也奔放，也严谨，也浑厚，也秀润，而且不装模作样，没有江湖气。有一天叶三给他送来四开李复堂的册页，使季匋民大吃一惊：这四开册页是真的！季匋民问他是多少钱买的，叶三说没花钱。他到三垛贩果子，看见一家的柜橱的玻璃里镶了四幅画，——他在四太爷这里看过不少李复堂的画，

〔1〕 李复堂，名鱓，字宗扬，复堂是他的号，又号懊道人。他是康熙年间的举人，当过滕县知县，因为得罪上级，功名和官都被革掉了，终年只作画师。他作画有时得向郑板桥去借纸，大概是相当穷困的。他本画工笔，是宫廷画家蒋廷锡的高足。后到扬州，改画写意，师法高其佩，受徐青藤、八大、石涛的影响，风度大变，自成一家。

能辨认，他用四张“苏州片”[1]跟那家换了。“苏州片”花花绿绿的，又是簇新的，那家还很高兴。

叶三只是从心里喜欢画，他从不瞎评论。季匋民画完了画，钉在壁上，自己负手远看，有时会问叶三：

“好不好？”

“好！”

“好在哪里？”

叶三大都能一句话说出好在何处。

季匋民画了一幅紫藤，问叶三。

叶三说：“紫藤里有风。”

“唔！你怎么知道？”

“花是乱的。”

“对极了！”

季匋民提笔题了两句词：

深院悄无人，风拂紫藤花乱。

季匋民画了一张小品，老鼠上灯台。叶三说：“这是一只小老鼠。”

“何以见得。”

---

〔1〕仿旧的画，多为工笔花鸟，设色娇艳，旧时多为苏州画工所作，行销各地，故称“苏州片”。苏州片也有仿制得很好的，并不俗气。

“老鼠把尾巴卷在灯台柱上。它很顽皮。”

“对!”

季匋民最爱画荷花。他画的都是墨荷。他佩服李复堂，但是画风和复堂不似。李画多凝重，季匋民飘逸。李画多用中锋，季匋民微用侧笔，——他写字写的是章草。李复堂有时水墨淋漓，粗头乱服，意在笔先；季匋民没有那样的恣悍，他的画是大写意，但总是笔意俱到，收拾得很干净，而且笔致疏朗，善于利用空白。他的墨荷参用了张大千，但更为舒展。他画的荷叶不勾筋，荷梗不点刺，且喜作长幅，荷梗甚长，一笔到底。

有一天，叶三送了一大把莲蓬来，季匋民一高兴，画了一幅墨荷，好些莲蓬。画完了，问叶三：“如何?”

叶三说：“四太爷，你这画不对。”

“不对?”

“‘红花莲子白花藕’。你画的是白荷花，莲蓬却这样大，莲子饱，墨色也深，这是红荷花的莲子。”

“是吗?我头一回听见!”

季匋民于是展开一张八尺生宣，画了一张红莲花，题了一首诗：

红花莲子白花藕，
果贩叶三是我师。

惭愧画家少见识，
为君破例著胭脂。

季匋民送了叶三很多画。——有时季匋民画了一张画，不满意，团掉了。叶三捡起来，过些日子送给季匋民看看，季匋民觉得也还不错，就略改改，加了题，又送给了叶三。季匋民送给叶三的画都是题了上款的。叶三也有个学名。他五行缺水，起名润生。季匋民给他起了个字，叫泽之。送给叶三的画上，常题“泽之三兄雅正”。有时径题“画与叶三”。季匋民还向他解释：以排行称呼，是古人风气，不是看不起他。

有时季匋民给叶三画了画，说：“这张不题上款吧，你可以拿去卖钱，——有上款不好卖。”

叶三说：“题不题上款都行。不过您的画我不卖。”

“不卖?”

“一张也不卖!”

他把季匋民送他的画都放在他的棺材里。

十多年过去了。

季匋民死了。叶三已经不卖果子，但是他四季八节，还四处寻觅鲜果，到季匋民坟上供一供。

季匋民死后，他的画价大增。日本有人专门收藏他的画。大家知道叶三手里有很多季匋民的画，都是精品。

很多人想买叶三的藏画。叶三说：

“不卖。”

有一天有一个外地人来拜望叶三，叶三看了他的名片，这人的姓很奇怪，姓“辻”，叫“辻听涛”。一问，是日本人。辻听涛说他是专程来看他收藏的季匋民的画的。

因为是远道来的，叶三只得把画拿出来。辻听涛非常虔诚，要了清水洗了手，焚了一炷香，还先对画轴拜了三拜，然后才展开。他一边看，一边不停地赞叹：

“喔！喔！真好！真是神品！”

辻听涛要买这些画，要多少钱都行。

叶三说：

“不卖。”

辻听涛只好怅然而去。

叶三死了。他的儿子遵照父亲的遗嘱，把季匋民的画和父亲一起装在棺材里，埋了。

金冬心

召应博学鸿词杭郡金农字寿门别号冬心先生、稽留山民、龙梭仙客、苏伐罗吉苏伐罗，早上起来觉得很无聊。

他刚从杭州扫墓回来。给祖坟加了加土，吩咐族侄把聚族而居的老宅子修理修理，花了一笔钱。杭州官员馈赠的程仪殊不丰厚，倒是送了不少花雕和莼菜，坛坛罐罐，装了半船。装莼菜的瓷罐子里多一半是西湖水。我能够老是饮花雕酒喝莼菜汤过日脚么？开玩笑！

他是昨天日落西时回扬州的。刚一进门，洗了脸，给他装裱字画、收拾图书的陈聋子就告诉他：袁子才把十张灯退回来了。是托李馥馨茶叶庄的船带回来的。附有一封信。另外还有十套《随园诗话》。金冬心当时哼了一声。

去年秋后，来求冬心先生写字画画的不多，他又买了两块大砚台，一块红丝碧端，一块蕉叶白，手头就有些紧。进了腊月，他忽然想起一个主意：叫陈聋子用乌木做了十张方灯的架子，四面由他自己书画。自以为这主意很别致。他知道他的字画在扬州实在不大卖得动了，——太多了，几乎家家都有。过了正月初六，就叫陈聋子搭了李馥馨的船到南京找袁子才，托他代卖。凭子才的面子，他在南京的交往，估计不难推销出去。他希望一张卖五十两。少说，也能卖二十两。不说别的，单是乌木灯架，也值个三两二两的。那么，不无小补。

袁子才在小仓山房接见了陈聋子，很殷勤地询问了冬心先生的起居，最近又有什么轰动一时的诗文，说："灯是好灯！诗、书、画，可称三绝。先放在我这里吧。"

金冬心原以为过了元宵，袁子才就会兑了银子来。不想过了清明，还没有消息。

现在，退回来了！

袁枚的信写得很有风致："……金陵人只解吃鸭肫，光天白日，尚无目识字画，安能于灯光烛影中别其媸妍耶？……"

这个老奸巨猾！不帮我卖灯，倒给我弄来十部《诗话》，让我替他向扬州的鹾贾打秋风！——俗！

晚上吃了一碗鸡丝面，早早就睡了。

今天一起来，很无聊。

喝了几杯苏州新到的碧螺春，念了两遍《金刚经》，趿着鞋，到小花圃里看了看。宝珠山茶开得正好，含笑也都有了骨朵了。然而提不起多大兴致。他惦记着那十盆兰花。他去杭州之前，瞿家花园新从福建运到十盆素心兰。那样大的一盆，每盆不愁有百十个箭子！索价五两一盆，不贵！要是袁子才替他把灯卖出去，这十盆建兰就会摆在他的小花圃苇棚下的石条上。这样的兰花，除了冬心先生，谁配？然而……

他踱回书斋里，把袁枚的信摊开又看了一遍，觉得袁枚的字很讨厌，而且从字里行间嚼出一点挖苦的意味。他想起陈聋子描绘的随园：有几棵柳树，几块石头，有一个半干的水池子，池子边种了十来棵木芙蓉，到处是草，草里有蜈蚣……这样一个破园子，会是江宁织造的大观园么？可笑！[1]此人惯会吹牛，装模作样！他顺手把《随园诗话》打开翻了几页，到处是倚人自重，借别人的赏识，为自己吹嘘。有的诗，还算清新，然而，小聪明而已。正如此公自道："诗被人嫌只为多！"再看看标举的那些某夫人、某太夫人的诗，都不见佳。哈哈，竟然对毕秋帆也揄扬了一通！毕秋帆是什么？——商人耳！郑板桥对袁子才曾作过一句总评，说他是"斯文走狗"，不为过分！

---

〔1〕 袁枚曾说大观园就是他的随园。

他觉得心里痛快了一点，——不过，还是无聊。

他把陈聋子叫来，问问这些天有什么函件柬帖。陈聋子捧出了一叠。金冬心拆看了几封，都没有什么意思，问：“还有没有？”

陈聋子把脑门子一拍，说：“有！——我差一点忘了，我把它单独放在拜匣里了：程雪门有一张请帖，来了三天了！”

“程雪门？”

“对对对！请你陪客。”

“请谁？”

“铁大人。”

“哪个铁大人？”

“新放的两淮盐务道铁保珊铁大人。”

“几时？”

“今天！中饭！平山堂！”

“你多误事！——去把帖子给我拿来！——去订一顶轿子！——你真是！——快去！——哎哟！”

金冬心开始觉得今天有点意思了。

等着催请了两次，到第三次催请时，冬心先生换了衣履，坐上轿子，直奔平山堂。

程雪门是扬州一号大盐商，今天宴请新任盐务道，非比寻常！果然，等金冬心下了轿，往平山堂一看，只见扬州的名流显贵都已到齐。藩臬二司、河工漕运、当地耆绅、清客名士，济济一堂。花翎补服，辉煌耀眼；轻衣缓带，意态萧闲。程雪门已在正面榻座上陪着铁保珊说话，一眼看见金冬心来了，站起身来，铁保珊早抢步迎了出来。

“冬心先生！久仰！久仰得很哪！”

“岂敢岂敢！臣本布衣，幸瞻丰采！铁大人从都里来，一路风霜，辛苦了！”

“请！”

“请！请！”

铁保珊拉了金冬心入座。程雪门道了一声“得罪！”自去应酬别的客人。大家只见铁保珊倾侧着身子和金冬心谈得十分投机，金冬心不时点头拊掌，不知他们谈些什么，不免悄悄议论。

“雪门今天请金冬心来陪铁保珊，好大的面子！”

“听说是铁保珊指名要见的。”

“金冬心这时候才来，架子搭得不小！”

“看来他的字画行情要涨！”

稍顷宴齐，更衣入席。平山堂中，雁翅般摆开了五桌。正中一桌，首座自然是铁保珊。次座是金冬心。金冬心再三谦让，铁保珊一把把他按得坐下，说：“你再谦，大家就不好坐了！”金冬心只得从命。程雪门在这桌的主座上陪着。

今天的酒席很清淡。铁大人接连吃了几天满汉全席，实在是没有胃口，接到请帖，说：“请我，我到！可是我只想喝一碗晚米稀粥，就一碟香油拌疙瘩丝！”程雪门说一定照办。按扬州请客的规矩，菜单曾请铁保珊过了目。凉碟是金华竹叶腿、宁波瓦楞明蚶、黑龙江熏鹿脯、四川叙府糟蛋、兴化醉蛏鼻、东台醉泥螺、阳澄湖醉蟹、糟鹌鹑、糟鸭舌、高邮双黄鸭蛋、界首茶干拌荠菜、凉拌枸杞头……热菜也只是蟹白烧乌青菜、鸭肝泥酿怀山药、鲫鱼脑烩豆腐、烩青腿子口蘑、烧鹅掌。甲鱼只用裙边。鲟花鱼不用整条的，只取两块嘴后腮边眼下蒜瓣肉。车螯只取两块瑶柱。炒芙蓉鸡片塞牙，用大兴安岭活捕来的飞龙剁泥、鸽蛋清。烧烤不用乳猪，用果子狸。头菜不用翅唇参燕，清炖杨妃乳——新从江阴运到的河鲀鱼。铁大人听说有河鲀，说：“那得有炒蒌蒿呀！——‘竹外桃花两三枝，春江水暖鸭先知，蒌蒿满地芦芽短，正是河鲀欲上时’，有蒌蒿，那才配称。”有有有！随饭的炒菜也极素净：素炒蒌蒿苔、素炒金花菜、素炒豌豆苗、素炒紫芽姜、素炒马兰头、素炒凤尾——只有三片叶子的嫩莴苣尖、素烧黄芽白……铁大人听了菜单（他没有看）说是“这样好，‘咬得菜根，则百事可做’。”他请金冬心过目，冬心先生说：“‘一箪食，一瓢饮’，依一介寒士，无可无不可的。”

金冬心尝了尝这一桌非时非地清淡而名贵的菜肴，又想起袁子才，想起他的《随园食单》，觉得他把几味家常鱼肉说得天花乱坠，真是寒乞相，嘴角不禁浮起一丝冷笑。

酒过三巡，铁保珊提出寡饮无趣，要行一个酒令。他提出的这个酒令叫做“飞红令”，各人说一句或两句古人诗词，要有“飞、红”二字，或明嵌、或暗藏，都可以。这令不算苛。他自己先说了两句：“花谢花飞飞满天，红消香断有谁怜?”有人不识出处。旁边的人提醒他：“《红楼梦》!”这时正是《红楼梦》大行的时候，“开谈不说《红楼梦》，纵读诗书也枉然”，不知出处的怕露怯，连忙说：“哦，《红楼梦》!《红楼梦》!”下面也有说“一片花飞减却春”的，也有说“桃花乱落如红雨”的。有的说不上来，甘愿罚酒。也有的明明说得出，为了谦抑，故意说：“我诗词上有限，认罚认罚!”借以凑趣的。临了，到了程雪门。程雪门说了一句：

“柳絮飞来片片红。”

大家先是愕然，接着就哗然了：

“柳絮飞来片片红，柳絮如何是红的?”

“无是理！无是理!”

“杜撰！杜撰无疑!”

“罚酒！罚酒！”

“满上！满上！喝了！喝了！”

程雪门也不知道自己怎么会诌出这样一句不通的诗来，正在满脸紫胀，无地自容，忽听得金冬心放下杯箸，从容言道：

“诸位莫吵。雪翁此诗有出处。这是元人咏平山堂的诗，用于今日，正好对景。”他站起身来，朗吟出全诗：

廿四桥边廿四风，
凭栏犹忆旧江东。
夕阳返照桃花渡，
柳絮飞来片片红。

大家一听，全都击掌：

“好诗！”

“好一个‘柳絮飞来片片红’！妙！妙极了！”

“如此尖新，却又合情合理，这定是元人之诗，非唐非宋！”

“到底是冬心先生！元朝人的诗，我们知道得太少，惭愧惭愧！”

“想不到程雪翁如此博学！佩服！佩服！”

程雪门哈哈大笑，连说：“过奖，过奖！——菜凉了，河鲀要趁热!”

于是大家的筷子一齐奔向杨妃乳。

铁保珊拈须沉吟：这是元朝人的诗么？

金冬心真是捷才！出口成章，不动声色。快，而且，好！有意境……

第二天，一清早，程雪门派人给金冬心送来一千两银子。金冬心叫陈聋子告诉瞿家花园，把十盆建兰立刻送来。

陈聋子刚要走，金冬心叫住他：

“不忙。先把这十张灯收到厢房里去。”

陈聋子提起两张灯，金冬心又叫住他：

“把这个——搬走!”

他指的是堆在地下的《随园诗话》。

陈聋子抱起《诗话》，走出书斋，听见冬心先生骂道：

“斯文走狗!”

陈聋子心想：他这是骂谁呢？

黄　英

——聊斋新义之一

马子才，顺天人。几代都爱菊花。到了子才，更是爱菊如命。听说什么地方有佳种，一定得买到。千里迢迢，不辞辛苦。一天，有金陵客人寄住在马家，看了子才种的菊花，说他有个亲戚，有一二名种，为北方所无。马子才动了心，即刻打点行李，跟这位客人到了金陵。客人想方设法，给他弄到两苗菊花芽。马子才如获至宝，珍重裹藏，捧在手里，骑马北归。半路上，遇见一个少年，赶着一辆精致的轿车。少年眉清目秀，风姿洒落。他好像刚刚喝了酒，酒气中有淡淡的菊花香。一路同行，子才和少年就搭了话。少年听出马子才的北方口音，问他到金陵做什么来了，手里捧着的是什么。子才如实告诉少年，说手里这两苗菊花芽好不容易才弄到，这是难得的名种。少年说：

"种无不佳，培溉在人。人即是花，花即是人。"

马子才似懂非懂，问少年要往哪里去。少年说："姐姐不喜欢金陵，将到河北找个合适的地方住下。”马子才问：“找了房子没有?”——“到了再说吧。”子才说：“我看你们就甭费事了。我家里还有几间闲房，空着也是空着，你们不如就在我那儿住着，我也好请教怎样‘培溉’菊花。”少年说：“得跟我姐姐商量商量。”他把车停住，把马子才的意思向姐姐说了。车里的人推开车帘说话。原来是二十来岁的一位美人。说：

“房子不怕窄憋，院子得大一些。”

子才说：“我家有两套院子，我住北院，南院归你们。两院之间有个小板门。愿意来坐坐，拍拍门，随时可以请过来。平常尽可落闩下锁，互不相扰。”

“这样很好。”

谈了半日，才互通名姓。少年姓陶，姐姐小字黄英。

两家处得很好，马子才发现，陶家好像不举火，经常是从外面买点烧饼馃子就算一餐，就三天两头请他们过来便饭。这姐弟二人倒也不客气，一请就到。有一天陶对马说：“老兄家道也不是怎么富足的，我们老是吃你们，长了，也不是个事。咱们合计合计，我看卖菊花也能谋生。”马子才素来自命清高，听了陶生的话很不以为然，说：“这是以东篱为市井，有辱黄花!”陶笑笑，说：“自食其力不为贫，贩花为业不为俗。”马子才不再说话。陶生也还常常拍拍板门，过来看看马子才种的菊花。

子才种菊，十分勤苦。风晨雨夜，科头赤足，他又挑剔得很严，残枝劣种，都拔出来丢在地上。他拿了把竹扫帚，打算扫到沟里，让它们顺水漂走。陶生说："别！"他把这些残枝劣种都捡了起来，抱到南院。马子才心想：这人并不懂种菊花！

没多久，到了菊花将开的月份，马子才听见南院人声嘈杂，闹闹嚷嚷，简直像是香期庙会：这是咋回事？扒在板门上偷觑：喝！都是来买花的，用车子装的、背着的、抱着的、缕缕不绝。再一看那些花，都是见都没见过的异种。心想：他真的卖起菊花来了。这么多的花，得卖多少钱？此人俗，且贪！交不得！又恨他秘着佳本，不叫自己知道，太不够朋友。于是拍拍板门，想过去说几句不酸不咸的话，叫这小子知道：马子才既不贪财，也不可欺。陶生听见拍门，开开门，拉着子才的手，把他拽了过来。子才一看，荒庭半亩，都已辟为菊畦，除了那几间旧房，没有一块空地，到处都是菊花。多数憋了骨朵，少数已经半开。花头大，颜色好，杆粗，叶壮，比他自己园里种的，强百倍。问："你这些花秧子是哪里淘换来的？"陶生说："你细看看！"子才弯腰细看：似曾相识。原来都是自己拔弃的残枝劣种。于是想好的讥诮的话都忘了，直想问问："你把菊种得这样好，有什么诀窍？"陶生转身进了屋，不大会，搬出一张矮桌，就放在菊畦旁边。又进屋，拿出酒菜，说："我不想富，也不想穷，我不能那样清高，连日卖花，得了一些钱。你来了，今天咱们喝两盅。"陶生酒量大，用大杯。马子才只能小杯陪着。正喝着，听见屋里有人叫："三郎！"是黄英的声音，"少喝点，小心吓着马先生。"陶生答道："知道了。"几杯落肚，马子才问："你说过'种无不佳，培溉在人'，你到底有什么法子能把花种成这样？"陶生说："人即是花，花即是人。花随人意。人之意即花之意。"

马子才还是不明白。

陶生豪饮，从来没见他大醉过。子才有个姓曾的朋友，酒量极大，没有对手，有一天，曾生来，马子才就让他们较量较量。二位放开量喝，喝得非常痛快。从早晨一直喝到半夜。曾生烂醉如泥，靠在椅子上呼呼大睡。陶生站起，要回去睡觉，出门踩了菊花畦，一跤摔倒。马子才说："小心！"一看人没了，只有一堆衣裳落在地上，陶生就地化成一棵菊花，一人高，开着十几朵花，花都有拳大。马子才吓坏了，赶紧去告诉黄英。黄英赶来，把菊花拔起来，放倒在地上，说："怎么醉成这样！"拿起陶生的衣裳，把菊花盖住，对马子才说："走，别看！"到了天亮，马子才过去看看，只见陶生卧在菊畦边，睡得正美。

于是子才知道：这姐弟二人都是菊花精。

陶生已经露了行迹，也就不避子才，酒喝得越来越放纵。常常自己下个短帖，约曾生来共饮，二位酒友，成了莫逆。

二月十二，花朝。曾生着两个仆人抬了一坛百花酒，说："今天咱们俩把这坛酒都喝了！"一坛酒快完了，两人都还不太醉。马子才又偷偷往坛里续了几斤白酒。俩人又都喝了。曾生醉得不省人事，由仆人背回去了。陶生卧在地上，又化为菊花。马见惯不惊，就如法炮制，把菊花拔起来，守在旁边，看他怎么再变过来。等了很久，看见菊花叶子越来越憔悴，坏了！赶紧去告诉黄英，黄英一听："啊?！——你杀了我弟弟了！"急急奔过来看，菊花根株已枯。黄英大哭，掐了还有点活气的菊花梗，埋在盆里，携入闺中，每天灌溉。

盆里的花渐渐萌发。九月，开了花，短干粉朵，闻闻，有酒香。浇以酒，则茂。

这个菊种，渐渐传开。种菊人给起了个名字，叫"醉陶"。

一年又一年，黄英也没有什么异状，只是她永远像二十来岁，永远不老。

石清虚

——聊斋新义之二

邢云飞，爱石头。书桌上，条几上，书架上，柜橱里，多宝格里，到处是石头，这些石头有的是他不惜重价买来的，有的是他登山涉水满世界寻觅来的，每天早晚，他把这些石头挨着个儿看一遍。有时对着一块石头能端详半天。一天，在河里打鱼，觉得有什么东西挂了网，挺沉，他脱了衣服，一个猛子扎下去，一摸，是块石头。抱上来一看，石头不小，直径够一尺，高三尺有余。四面玲珑，峰峦叠秀，高兴极了，带回家来，配了一个紫檀木的座，供在客厅的案上。

一天，天要下雨，邢云飞发现：这块石头出云。石头有很多小窟窿，每个窟窿里都有云，白白的，像一团一团新棉花，袅袅飞动，忽淡忽浓，他左看右看，看呆了。俟后，每到天要下雨，都是这样。这块石头是个稀世之宝！

这就传开了。很多人都来看这块石头。一到阴天，来看的人更多。

邢云飞怕惹事，就把石头移到内室，只留一个檀木座在客厅案上。再有人来要看，就说石头丢了。

一天，有一个老叟敲门，说想看看那块石头。邢云飞说："石头已经丢失很久了。"老叟说："不是在您的客厅里供着吗？"——"您不信？不信就请到客厅看看。"——"好，请！"一跨进客厅，邢云飞愣了：石头果然好好地嵌在檀木座里。咦！

老叟抚摸着石头，说："这是我家的旧物，丢失了很久了，现在还在这里啊。既然叫我看见了，就请赐还给我。"邢云飞哪肯呀："这是我家传了几代的东西，怎么会是你的！"——"是我的。"——"我的！"两个争了半天。老叟笑道："既是你家的，有什么验证？"邢云飞答不上来。老叟说："你说不上来，我可知道，这石头前后共有九十二个窟窿，最大的窟窿里有五个字：'清虚石天供'。"邢云飞细一看，大窟窿里果然有五个字，才小米粒大，使劲看，才能辨出笔划。又数数窟窿，不多不少，九十二。邢云飞没有话说，但就是不给。老叟说："是谁家的东西。应该归谁，怎么能由得你呢？"说完一拱手，走了，邢云飞送到门外，回来：石头没了。大惊，惊疑是老叟带走了，急忙追出来，老叟慢慢地走着，还没走远。赶紧奔上去，拉住老叟的袖子，哀求道："你把石头还我吧！”老叟说：“这可是奇怪了，那么大的一块石头，我能攥在手里，揣在袖子里吗？”邢云飞知道这老叟很神，就强拉硬拽，把老叟拽回来，给老叟下了一跪，不起来，直说：“你给我吧，给我吧！”老叟说：“石头到底是你家的，是我家的？”——“您家的！您家的——求您割爱，求您割爱！”老叟说：“既是这样，那么，石头还在。”邢云飞一扭头，石头还在座里，没挪窝，老叟说：

“天下之宝，当与爱惜之人。这块石头能自己选择一个主人，我也很喜欢。然而，它太急于自现了。出世早，劫运未除，对主人也不利。我本想带走，等过了三年，再赠送给你。既想留下，那你就得减寿三年，这块石头才能随着你一辈子，你愿意吗？”——“愿意！愿意！”老叟于是用两个指头捏了一个窟窿一下，窟窿软得像泥，闭上了。随手闭了三个窟窿，完了，说：“石上窟窿，就是你的寿数。”说罢，飘然而去。

有一个权豪之家，听说邢家有一块能出云的石头，就惦记上了，一天派了两个家奴闯到邢家，抢了石头便走。邢云飞追出去，拼命拽住。家奴说石头是他们主人的，邢云飞说：“我的！”于是经了官。地方官坐堂问案，说是你们各执一词，都说说，有什么验证。家奴说：“有！这石头有九十二个窟窿。”——原来这权豪之家早就派了清客，到邢家看过几趟，暗记了窟窿数目。问邢云飞：

"人家说出验证来了，你还有什么话说！"邢云飞说："回大人，他们说得不对。石头只有八十九个窟窿。有三个窟窿闭了，还有六个指头印。"——"呈上来！"地方官当堂验看，邢云飞所说，一字不差，只好把石头断给邢云飞。

邢云飞得了石头回来，用一方古锦把石头包起来，藏在一只铁梨木匣子里。想看看，一定先焚一炷香，然后才开匣子。也怪，石头很沉，别人搬起来很费劲；邢云飞搬起来却是轻而易举。

邢云飞到了八十九岁，自己置办了装裹棺木，抱着石头往棺材里一躺，死了。

惊人与平淡

杜甫诗云："语不惊人死不休"，宋人论诗，常说"造语平淡"。究竟是惊人好，还是平淡好？

平淡好。

但是平淡不易。

平淡不是从头平淡，平淡到底。这样的语言不是平淡，而是"寡"。山西人说一件事、一个人、一句话没有意思，就说："看那寡的！"

宋人所说的平淡可以说是"第二次的平淡"。

苏东坡尝有书与其侄云：

"大凡为文，当使气象峥嵘，五色绚烂。渐老渐熟，乃造平淡。"

葛立方《韵语阳秋》云：

"大抵欲造平淡，当自绚丽中来，然后可造平淡之境。落其华芬，然后可造平淡之境。"

平淡是苦思冥想的结果。欧阳修《六一诗话》说：

“（梅）圣俞平生苦于吟咏，以闲远古淡为意，故其构思极限。”

《韵语阳秋》引梅圣俞和晏相诗云：

“因今适性情，稍欲到平淡。苦词未圆熟，刺口剧菱芡。”

言到平淡处甚难也。

运用语言，要有取舍，不能拿起笔来就写。姜白石云：

“人所易言，我寡言之。人所难言，我易言之，自不俗。”

作诗文要知躲避。有些话不说。有些话不像别人那样说。至于把难说的话容易地说出，举重若轻，不觉吃力，这更是功夫。苏东坡作《病鹤》诗，有句“三尺长胫□瘦躯”，抄本缺第五字，几位诗人都来补这字，后来找来旧本，这个字是“搁”，大家都佩服。杜甫有一句诗“身轻一鸟□”，刻本末一字模糊不清，几位诗人猜这是个什么字。有说是“飞”，有说是“落”……后来见到善本，乃是“身轻一鸟过”，大家也都佩服。苏东坡的“搁”字写病鹤，确是很能状其神态，但总有点“做”，终觉吃力，不似杜诗“过”字之轻松自然，若不经意，而下字极准。

平淡而有味，材料、功夫都要到家。四川菜里的“开水白菜”，汤清可以注砚，但是并不真是开水煮的白菜，用的是鸡汤。

方　言

作家要对语言有特殊的兴趣，对各地方言都有兴趣，能感觉、欣赏方言之美，方言的妙处。

上海话不是最有表现力的方言，但是有些上海话是不能代替的。比如“辣辣两记耳光!”这只有用上海方音读出来才有劲。曾在报纸上读一纸短文，谈泡饭，说有两个远洋轮上的水手，想念上海，想念上海的泡饭，说回上海首先要“杀杀搏搏吃两碗泡饭!”“杀杀搏搏”说得真是过瘾。

有一个关于苏州人的笑话，说两位苏州人吵了架，几至动武，一位说：“阿要把倷两记耳光搭搭?”用小菜佐酒，叫做“搭搭”。打人还要征求对方的同意，这句话真正是“吴侬软语”，很能表现苏州人的特点。当然，这是个夸张的笑话，苏州人虽“软”，不会软到这个样子。

有苏州人、杭州人、绍兴人和一位扬州人到一个庙里，看到“四大金刚”，各说了一句有本乡特点的话，扬州人念了四句诗：

四大金刚不出奇，

里头是草外头是泥。

你不要夸你个子大，

你敢跟我洗澡去！

这首诗很有扬州的生活特点。扬州人早上“皮包水”（上茶馆吃茶），晚上“水包皮”（下澡堂洗澡）。四大金刚当然不敢洗澡去，那就会泡烂了。这里的“去”须用扬州方音，读如 kì 。

写有地方特点的小说、散文，应适当地用一点本地方言。我写《七里茶坊》，里面引用黑板报上的顺口溜：“天寒地冻百不咋，心里装着全天下”，“百不咋”就是张家口一带的话。《黄油烙饼》里有这样几句：“这车的样子真可笑，车轱辘是两个木头饼子，还不怎么圆，咕噜噜，咕噜噜，往前滚。”这里的“咕噜噜”要用张家口坝的音读，“咕”字读入声。如用北京音读，即少韵味。

幽　默

《梦溪笔谈》载：

关中无螃蟹。元丰中，予在陕西，闻秦州人家收得一干蟹，土人怖其形状，以为怪物，每人家用病疟者，则借去挂门户上，往往遂差。不但人不识，鬼亦不识也。

过去以为生疟疾是疟鬼作祟，故云：“不但人不识，鬼亦不识也。”说得非常幽默。这句话如译为口语，味道就差一些了，只能用笔记体的比较通俗的文言写。有人说中国无幽默，噫，是何言欤！宋人笔记，如《梦溪笔谈》、《容斋随笔》，有不少是写得很幽默的。

幽默要轻轻淡淡，使人忍俊不禁，不能存心使人发笑，如北京人所说“胳肢人”。

语文短简

普通而又独特的语言

鲁迅的《高老夫子》中高尔础说:“女学堂越来越不像话，我辈正经人确乎犯不着和他们酱在一起”(手边无鲁迅集，所引或有出入)。“酱”字甚妙。如果用北京话说:“犯不着和他们一块掺和”，味道就差多了。沈从文的小说，写一个水手，没有钱，不能参加赌博，就“镶”在一边看别人打牌。“镶”字甚妙。如果说是“靠”在一边，“挤”在一边，就失去原来的味道。“酱”字、“镶”字，大概本是口语，绍兴人(鲁迅是绍兴人)、凤凰人(沈从文是湘西凤凰人)，大概平常就是这样说的，但是在文学作品里没有人这样用过。

屠格涅夫的散文诗写伐木，有句云“大树缓慢地，庄重地倒下了”。“庄重”不仅写出了树的神态，而且引发了读者对人生的深沉、广阔的感慨。

阿城的小说里写“老鹰在天上移来移去”，这非常准确。老鹰在高空，是看不出翅膀搏动的，看不出鹰在“飞”，只是“移来移去”。同时，这写出了被流放在绝域的知青的寂寞的心情。

我曾经在一个果园劳动，每天下工，天已昏暗，总有一列火车从我们的果园的“树墙子”外面驰过，车窗的灯光映在树墙子上，我一直想写下这个印象。有一天，终于抓住了。

> 车窗蜜黄色的灯光连续地映在果树东边的树墙子上，一方块，一方块，川流不息地追赶着……

“追赶着”，我自以为写得很准确。这是我长期观察、思索，才捕捉到的印象。

好的语言，都不是奇里古怪的语言，不是鲁迅所说的“谁也不懂的形容词之类”，都只是平常普通的语言，只是在平常语中注入新意，写出了“人人心中所有，而笔下所无”的“未经人道语”。

平常而又独到的语言，来自于长期的观察、思索、捉摸。

读诗不可抬杠

苏东坡《崇惠小景》诗云：“春江水暖鸭先知”，这是名句，但当时就有人说："鸭先知，鹅不能先知耶?"这是抬杠。

林和靖咏梅诗："疏影横斜水清浅，暗香浮动月黄昏"，是千古名句。宋代就有人问苏东坡，这两句写桃、杏亦可，为什么就一定写的是梅花？东坡笑曰："此写桃杏诚亦可，但恐桃杏不敢当耳!"

有人对"红杏枝头春意闹"有意见，说："杏花没有声音，'闹'什么?""满宫明月梨花白"，有人说："梨花本来是白的，说它干什么?"

跟这样的人没法谈诗。但是，他可以当副部长。

想　象

闻宋代画院取录画师，常出一些画题，以试画师的想象力。有些画题是很不好画的。如"踏花归去马蹄香"，"香"怎么画得出？画师都束手。有一画师很聪明，画出来了。他画了一个人骑了马，两只蝴蝶追随着马蹄飞。"深山藏古寺"，难的是一个"藏"字，藏就看不见了，看不见，又要让人知道有一座古寺在深山里藏着。许多画师的画都是在深山密林中露一角檐牙，都未被录取。有一个画师不画寺，画了一个小和尚到山下溪边挑水。和尚来挑水，则山中必有寺矣。有一幅画画昨夜宫人饮酒闲话。这是“昨夜”的事，怎么画？这位画师画了一角宫门，一大早，一个宫女端着笸箩出来倒果壳，荔枝壳、桂圆壳、栗子壳、鸭脚（银杏）壳……这样，宫人们昨夜的豪华而闲适的生活可以想见。

老舍先生曾点题请齐白石画四幅屏条，有一条求画苏曼殊的一句诗：“蛙声十里出山泉”，这很难画。“蛙声”，还要从十里外的山泉中出来。齐老人在画幅两侧用浓墨画了直立的石头，用淡墨画了一道曲曲弯弯的山泉，在泉水下边画了七八只摆尾游动的蝌蚪。真是亏他想得出！

艺术，必须有想象，画画是这样，写文章也是这样。

“揉　面”
——谈语言

语言是艺术

语言本身是艺术，不只是工具。

写小说用的语言，文学的语言，不是口头语言，而是书面语言。是视觉的语言，不是听觉的语言。有的作家的语言离开口语较远，比如鲁迅；有的作家的语言比较接近口语，比如老舍。即使是老舍，我们可以说他的语言接近口语，甚至是口语化，但不能说他用口语写作，他用的是经过加工的口语。老舍是北京人，他的小说里用了很多北京话。陈建功、林斤澜、中杰英的小说里也用了不少北京话。但是他们并不是用北京话写作。他们只是吸取了北京话的词汇，尤其是北京人说话的神气、劲头、“味儿”。他们在北京人说话的基础上创造了各自的艺术语言。

小说是写给人看的，不是写给人听的。

外国人有给自己的亲友读自己的作品的习惯。普希金给老保姆读过诗。屠格涅夫给托尔斯泰读过自己的小说。效果不知如何。中国字不是拼音文字。中国的有文化的人，与其说是用汉语思维，不如说是用汉字思维。汉字的同音字又非常多。因此，很多中国作品不太宜于朗诵。

比如鲁迅的《高老夫子》：

> 他大吃一惊，至于连《中国历史教科书》也失手落在地上了，因为脑壳上突然遭到了什么东西的一击。他倒退两步，定睛看时，一枝夭斜的树枝横在他的面前，已被他的头撞得树叶都微微发抖。他赶紧弯腰去拾书本，书旁边竖着一块木牌，上面写道——
>
> 桑
桑　科

看小说看到这里，谁都忍不住失声一笑。如果单是听，是觉不出那么可笑的。

有的诗是专门写来朗诵的，但是有的朗诵诗阅读的效果比耳听还更好一些。比如柯仲平的诗：

> 人在冰上走，
水在冰下流……

这写得很美。但是听朗诵的都是识字的，并且大都是有一定的诗的素养的，他们还是把听觉转化成视觉的（人的感觉是相通的），实际还是在想象中看到了那几个字。如果叫一个不识字的，没有文学素养的普通农民来听，大概不会感受到那样的意境，那样浓厚的诗意。“老妪都解”不难，叫老妪都能欣赏就不那么容易。“离离原上草”，老妪未必都能击节。

我是不太赞成电台朗诵诗和小说的，尤其是配了乐。我觉得这常常限制了甚至损伤了原作的意境。听这种朗诵总觉得是隔着袜子挠痒痒，很不过瘾，不若直接看书痛快。

文学作品的语言和口语最大的不同是精炼。高尔基说契诃夫可以用一个字说了很多意思。这在说话时很难办到，而且也不必要。过于简练，甚至使人听不明白。张寿臣的单口相声，看印出来的本子，会觉得很啰唆，但是说相声就得那么说，才明白。反之，老舍的小说也不能当相声来说。

其次还有字的颜色、形象、声音。

中国字原来是象形文字，它包含形、音、义三个部分。形、音，是会对义产生影响的。中国人习惯于望“文”生义。“浩瀚”必非小水，“涓涓”定是细流。木玄虚的《海赋》里用了许多三点水的字，许多摹拟水的声音的词，这有点近于魔道。但是中国字有这些特点，是不能不注意的。

说小说的语言是视觉语言，不是说它没有声音。前已说过，人的感觉是相通的。声音美是语言美的很重要的因素。一个有文学修养的人，对文字训练有素的人，是会直接从字上“看”出它的声音的。中国语言因为有“调”，即“四声”，所以特别富于音乐性。一个搞文字的人，不能不讲一点声音之道。“前有浮声，则后有切响”，沈约把语言声音的规律概括得很扼要。简单地说，就是平仄声要交错使用。一句话都是平声或都是仄声，一顺边，是很难听的。京剧《智取威虎山》里有一句唱词，原来是“迎来春天换人间”，毛主席给改了一个字，把“天”字改成“色”字。有一点旧诗词训练的人都会知道，除了“色”字更具体之外，全句声音上要好听得多。原来全句六个平声字，声音太飘，改一个声音沉重的“色”字，一下子就扳过来了。写小说不比写诗词，不能有那样严的格律，但不能不追求语言的声音美，要训练自己的耳朵。一个写小说的人，如果学写一点旧诗、曲艺、戏曲的唱词，是有好处的。

外国话没有四声，但有类似中国的双声叠韵。高尔基曾批评一个作家的作品，说他用“咝”音的字太多，很难听。

中国语言里还有对仗这个东西。

中国旧诗用五七言，而文章中多用四六字句。骈体文固然是这样，骈四俪六；就是散文也是这样。尤其是四字句。四字句多，几乎成了汉语的一个特色。没有一篇文章找不出大量的四字句。如果有意避免四字句，便会形成一种非常奇特的拗体，适当地运用一些四字句，可以造成文章的稳定感。

我们现在写作时所用的语言，绝大部分是前人已经用过，在文章里写过的。有的语言，如果知道它的来历，便会产生联想，使这一句话有更丰富的意义。比如毛主席的诗："落花时节读华章"，如果不知出处，"落花时节"，就只是落花的时节。如果读过杜甫的诗："岐王宅里寻常见，崔九堂前几度闻，正是江南好风景，落花时节又逢君"，就会知道"落花时节"就包含着久别重逢的意思，就可产生联想。《沙家浜》里有两句唱词："垒起七星灶，铜壶煮三江"，是从苏东坡的诗"大瓢贮月归春瓮，小勺分江入夜瓶"脱胎出来的。我们许多的语言，自觉或不自觉地，都是从前人的语言中脱胎而出的。如果平日留心，积学有素，就会如有源之水，触处成文。否则就会下笔枯窘，想要用一个词句，一时却找它不出。

语言是要磨练，要学的。

怎样学习语言？——随时随地。

首先是向群众学习。

我在张家口听见一个饲养员批评一个有点个人英雄主义的组长：

“一个人再能，当不了四堵墙。旗杆再高，还得有两块石头夹着。”

我觉得这是很好的语言。

我刚到北京京剧团不久，听见一个同志说：

“有枣没枣打三杆，你知道哪块云彩里有雨啊？”

我觉得这也是很好的语言。

一次，我回乡，听家乡人谈过去运河的水位很高，说是站在河堤上可以“踢水洗脚”，我觉得这非常生动。

我在电车上听见一个幼儿园的孩子念一首大概是孩子们自己编的儿歌：

> 山上有个洞，
> 洞里有个碗，
> 碗里有块肉，
> 你吃了，我尝了，
> 我的故事讲完了！

他翻来覆去地念，分明从这种语言的游戏里得到很大的快乐。我反复地听着，也能感受到他的快乐。我觉得这首几乎是没有意义的儿歌的音节很美。我也捉摸出中国语言除了押韵之外还可以押调。“尝”、“完”并不押韵，但是同是阳平，放在一起，产生一种很好玩的音乐感。

《礼记》的《月令》写得很美。

各地的“九九歌”是非常好的诗。

只要你留心，在大街上，在电车上，从人们的谈话中，从广告招贴上，你每天都能学到几句很好的语言。

其次是读书。

我要劝告青年作者，趁现在还年轻，多背几篇古文，背几首诗词，熟读一些现代作家的作品。

即使是看外国的翻译作品，也注意它的语言。我是从契诃夫、海明威、萨洛扬的语言中学到一些东西的。

读一点戏曲、曲艺、民歌。

我在《说说唱唱》当编辑的时候，看到一篇来稿，一个小戏，人物是一个小炉匠，上场念了两句对子：

风吹一炉火，
锤打万点金。

我觉得很美。

一九四七年，我在上海翻看一本老戏考，有一段滩簧，一个旦角上场唱了一句：

春风弹动半天霞。

我大为惊异：这是李贺的诗！

二十多年前，看到一首傣族的民歌，只有两句，至今忘记不了：

斧头砍过的再生树
战争留下的孤儿。

巴甫连柯有一句名言："作家是用手思索的。"得不断地写，才能扪触到语言。老舍先生告诉过我，说他有得写，没得写，每天至少要写五百字。有一次我和他一同开会，有一位同志作了一个冗长而空洞的发言，老舍先生似听不听，他在一张纸上把几个人的姓名连缀在一起，编了一副对联：

伏园焦菊隐
老舍黄药眠

一个作家应该从语言中得到快乐，正像电车上那个念儿歌的孩子一样。

董其昌见一个书家写一个便条也很用心，问他为什么这样，这位书家说："即此便是练字。"作家应该随时锻炼自己的语言，写一封信，一个便条，甚至是一个检查，也要力求语言准确合度。

鲁迅的书信，日记，都是好文章。

语言学中有一个术语，叫做"语感"。作家要锻炼自己对于语言的感觉。

王安石曾见一个青年诗人写的诗，绝句，写的是在宫廷中值班，很欣赏。其中的第三句是："日长奏罢长杨赋"，王安石给改了一下，变成"日长奏赋长杨罢"，且说："诗家语必此等乃健"。为什么这样一改就"健"了呢？写小说的，不必写"日长奏赋长杨罢"这样的句子，但要能体会如何便"健"。要能体会峭拔、委婉、流利、安详、沉痛……

建议青年作家研究研究老作家的手稿，捉摸他为什么改两个字，为什么要把那两个字颠倒一下。

"如鱼饮水，冷暖自知"，语言艺术有时是可以意会，难于言传的。

"揉　面"

使用语言，譬如揉面。面要揉到了，才软熟，筋道，有劲儿。水和面粉本来是两不相干的，多揉揉，水和面的分子就发生了变化。写作也是这样，下笔之前，要把语言在手里反复抟弄。我的习惯是，打好腹稿。我写京剧剧本，一段唱词，二十来句，我是想得每一句都能背下来，才落笔的。写小说，要把全篇大体想好。怎样开头，怎样结尾，都想好。在写每一段之间，我是想得几乎能背下来，才写的（写的时候自然会又有些变化）。写出后，如果不满意，我就把原稿扔在一边，重新写过。我不习惯在原稿上涂改。在原稿上涂改，我觉得很别扭，思路纷杂，文气不贯。

曾见一些青年同志写作，写一句，想一句。我觉得这样写出来的语言往往是松的，散的，不成“个儿”，没有咬劲。

有一位评论家说我的语言有点特别，拆开来看，每一句都很平淡，放在一起，就有点味道。我想谁的语言不是这样？拆开来，不都是平平常常的话？

中国人写字，除了笔法，还讲究“行气”。包世臣说王羲之的字，看起来大大小小，单看一个字，也不见怎么好，放在一起，字的笔画之间，字与字之间，就如“老翁携带幼孙，顾盼有情，痛痒相关”。安排语言，也是这样。一个词，一个词；一句，一句；痛痒相关，互相映带，才能姿势横生，气韵生动。

中国人写文章讲究“文气”，这是很有道理的。

自铸新词

托尔斯泰称赞过这样的语言：“菌子已经没有了，但是菌子的气味留在空气里。”以为这写得很美。好像是屠格涅夫曾经这样描写一棵大树被伐倒：“大树叹息着，庄重地倒下了。”这写得非常真实。“庄重”真好！我们来写，也许会写出“慢慢地倒下”，“沉重地倒下”，写不出“庄重”。鲁迅的《药》这样描写枯草：“枯草支支直立，有如铜丝。”大概还没有一个人用“铜丝”来形容过稀疏瘦硬的秋草。《高老夫子》里有这样几句话：“我没有再教下去的意思。女学堂真不知道要闹成什么样子。我辈正经人，确乎犯不上酱在一起……”“酱在一起”，真是妙绝（高老夫子是绍兴人。如果写的是北京人，就只能说“犯不上一块掺和”，那味道可就差远了）。

我的老师沈从文在《边城》里两次写翠翠拉船，所用字眼不一样。一次是：

> 有时过渡的是从川东过茶峒的小牛，是羊群，是新娘子的花轿，翠翠必争着作渡船夫，站在船头，懒懒的攀引缆索，让船缓缓的过去。

又一次：

> 翠翠斜睨了客人一眼，见客人正盯着她，便把脸背过去，抿着嘴儿，不声不响，很自负的拉着那条横缆。

“懒懒的”、“很自负的”，都是很平常的字眼，但是没有人这样用过。要知道盯着翠翠的客人是翠翠所喜欢的傩送二老，于是“很自负的”四个字在这里就有了很多很深的意思了。

我曾在一篇小说里描写过火车的灯光：“车窗蜜黄色的灯光连续地映在果园东边的树墙子上，一方块，一方块，川流不息地追赶着”；在另一篇小说里描写过夜里的马：“正在安静地、严肃地咀嚼着草料”，自以为写得很贴切。“追赶”、“严肃”都不是新鲜字眼，但是它表达了我自己在生活中捕捉到的印象。

一个作家要养成一种习惯，时时观察生活，并把自己的印象用清晰的、明确的语言表达出来。写下来也可以。不写下来，就记住（真正用自己的眼睛观察到的印象是不易忘记的）。记忆里保存了这种常用语言固定住的印象多了，写作时就会从笔端流出，不觉吃力。

语言的独创，不是去杜撰一些“谁也不懂的形容词之类”。好的语言都是平平常常的，人人能懂，并且也可能说得出来的语言——只是他没有说出来。人人心中所有，笔下所无。“红杏枝头春意闹”，“满宫明月梨花白”都是这样。“闹”字、“白”字，有什么稀奇呢？然而，未经人道。

写小说不比写散文诗，语言不必那样精致。但是好的小说里总要有一点散文诗。

语言要和人物贴近

我初学写小说时喜欢把人物的对话写得很漂亮，有诗意，有哲理，有时甚至很“玄”。沈从文先生对我说：“你这是两个聪明脑壳打架！”他的意思是说这不像真人说的话。托尔斯泰说过：“人是不能用警句交谈的。”

尼采的“苏鲁支语录”是一个哲人的独白。吉伯维的《先知》讲的是一些箴言。这都不是人物的对话。《朱子语类》是讲道德，谈学问的，倒是谈得很自然，很亲切，没有那么多道学气，像一个活人说的话。我劝青年同志不妨看看这本书，从里面可以学习语言。

《史记》里用口语记述了很多人的对话，很生动。“夥颐，涉之为王沉沉者！”写出了陈涉的乡人乍见皇帝时的惊叹。（“夥颐”历来的注家解释不一，我以为这就是一个状声的感叹词，用现在的字写出来就是：“嗬咦！”）《世说新语》里记录了很多人的对话，寥寥数语，风度宛然。张岱记两个老者去逛一处林园，婆娑其间，一老者说：“真是蓬莱仙境了也！”另一个老者说：“个边哪有这样！”生动之至，而且一听就是绍兴话。《聊斋志异·翩翩》写两个少妇对话：“一日，有少妇笑入！曰：‘翩翩小鬼头快活死！薛姑子好梦几时做得？’女迎笑曰：‘花城娘子，贵趾久弗涉，今日西南风紧，吹送来也——小哥子抱得未？’曰：‘又一小婢子。’女笑曰：‘花娘子瓦窖哉！——那弗将来？’曰‘方呜之，睡却矣。’”这对话是用文言文写的，但是神态跃然纸上。

写对话就应该这样，普普通通，家长里短，有一点人物性格、神态，不能有多少深文大义。——写戏稍稍不同，戏剧的对话有时可以“提高”一点，可以讲一点“字儿话”，大篇大论，讲一点哲理，甚至可以说格言。

可是现在不少青年同志写小说时，也像我初学写作时一样，喜欢让人物讲一些他不可能讲的话，而且用了很多辞藻。有的小说写农民，讲的却是城里的大学生讲的话，——大学生也未必那样讲话。

不单是对话，就是叙述、描写的语言，也要和所写的人物“靠”。

我最近看了一个青年作家写的小说，小说用的是第一人称，小说中的“我”是一个才入小学的孩子，写的是“我”的一个同桌的女同学，这未尝不可。但是这个“我”对他的小同学的印象却是：“她长得很纤秀。”这是不可能的。小学生的语言里不可能有这个词。

有的小说，是写农村的。对话是农民的语言，叙述却是知识分子的语言，叙述和对话脱节。

小说里所描写的景物，不但要是作者眼中所见，而且要是所写的人物的眼中所见。对景物的感受，得是人物的感受。不能离开人物，单写作者自己的感受。作者得设身处地，和人物感同身受。小说的颜色、声音、形象、气氛，得和所写的人物水乳交融，浑然一体。就是说，小说的每一个字，都渗透了人物。写景，就是写人。

契诃夫曾听一个农民描写海，说：“海是大的。”这很美。一个农民眼中的海也就是这样。如果在写农民的小说中，有海，说海是如何苍茫、浩瀚、蔚蓝……统统都不对。我曾经坐火车经过张家口坝上草原，有几里地，开满了手掌大的蓝色的马兰花，我觉得真是到了一个童话的世界。我后来写一个孩子坐牛车通过这片地，本是顺理成章，可以写成：他觉得到了一个童话的世界。但是我不能这样写，因为这个孩子是个农村的孩子，他没有念过书，在他的语言里没有“童话”这样的概念。我只能写：他好像在一个梦里。我写一个从山里来的放羊的孩子看一个农业科学研究所的温室，温室里冬天也结黄瓜，结西红柿：西红柿那样红，黄瓜那样绿，好像上了颜色一样。我只能这样写。“好像上了颜色一样”，这就是这个放羊娃的感受。如果稍为写得华丽一点，就不真实。

有的作者有鲜明的个人风格，可以不用署名，一看就知是某人的作品。但是他的各篇作品的风格又不一样。作者的语言风格每因所写的人物、题材而异。契诃夫写《万卡》和写《草原》、《黑修士》所用的语言是很不相同的。作者所写的题材愈广泛，他的风格也是愈易多样。

我写《徙》里用了一些文言的句子，如“呜呼，先生之泽远矣”，“墓草萋萋，落照昏黄，歌声犹在，斯人邈矣”。因为写的是一个旧社会的国文教员。写《受戒》、《大淖记事》，就不能用这样的语言。

作者对所写的人物的感情、态度，决定一篇小说的调子，也就是风格。鲁迅写《故乡》、《伤逝》和《高老夫子》、《肥皂》的感情很不一样。对闰土、涓生有深浅不同的同情，而对高尔础、四铭则是不同的厌恶。因此，调子也不同。高晓声写《拣珍珠》和《陈奂生上城》的调子不同，王蒙的《说客盈门》和《风筝飘带》几乎不像是一个人写的。我写的《受戒》、《大淖记事》，抒情的成分多一些，因为我很喜爱所写的人，《异秉》里的人物很可笑，也很可悲悯，所以文体上也就亦庄亦谐。

我觉得一篇小说的开头很难，难的是定全篇的调子。如果对人物的感情、态度把握住了，调子定准了，下面就会写得很顺畅。如果对人物的感情、态度把握不稳，心里没底，或是有什么顾虑，往往就会觉得手生荆棘，有时会半途而废。

作者对所写的人、事，总是有个态度，有感情的。在外国叫做“倾向性”，在中国叫做“褒贬”。但是作者的态度、感情不能跳出故事去单独表现，只能融化在叙述和描写之中，流露于字里行间，这叫做“春秋笔法”。

正如恩格斯所说：倾向性不要特别地说出。

谈读杂书

我读书很杂，毫无系统，也没有目的。随手抓起一本书来就看。觉得没意思，就丢开。我看杂书所用的时间比看文学作品和评论的要多得多。常看的是有关节令风物民俗的，如《荆楚岁时记》、《东京梦华录》。其次是方志、游记，如《岭表录异》、《岭外代答》。讲草木虫鱼的书我也爱看，如法布尔的《昆虫记》，吴其浚的《植物名实图考》、《花镜》。讲正经学问的书，只要写得通达而不迂腐的也很好看，如《癸巳类稿》。《十驾斋养新录》差一点，其中一部分也挺好玩。我也爱读书论、画论。有些书无法归类，如《宋提刑洗冤录》，这是讲验尸的。有些书本身内容就很庞杂，如《梦溪笔谈》、《容斋随笔》之类的书，只好笼统地称之为笔记了。

读杂书至少有以下几种好处：第一，这是很好的休息。泡一杯茶懒懒地靠在沙发里，看杂书一册，这比打扑克要舒服得多。第二，可以增长知识，认识世界。我从法布尔的书里知道知了原来是个聋子，从吴其浚的书里知道古诗里的葵就是湖南、四川人现在还吃的冬苋菜，实在非常高兴。第三，可以学习语言。杂书的文字都写得比较随便，比较自然，不是正襟危坐，刻意为文，但自有情致，而且接近口语。一个现代作家从古人学语言，与其苦读《昭明文选》、“唐宋八家”，不如多看杂书。这样较易融入自己的笔下。这是我的一点经验之谈。青年作家，不妨试试。第四，从杂书里可以悟出一些写小说、写散文的道理，尤其是书论和画论。包世臣《艺舟双楫》云：“吴兴书笔，专用平顺，一点一画，一字一行，排次顶接而成。古帖字体，大小颇有相径庭者，如老翁携幼孙行，长短参差，而情意真挚，痛痒相关。吴兴书如士人入隘巷，鱼贯徐行，而争先竞后之色，人人见面，安能使上下左右空白有字哉！”他讲的是写字，写小说、散文不也正当如此吗？小说、散文的各部分，应该“情意真挚，痛痒相关”，这样才能做到“形散而神不散”。

写　字

写字总得从临帖开始。我比较认真地临过一个时期的帖，是在十多岁的时候，大概是小学五年级、六年级和初中一年级的暑假。我们那里，那样大的孩子“过暑假”的一个主要内容便是读古文和写字。一个暑假，我从祖父读《论语》，每天上午写大、小字各一张，大字写《圭峰碑》，小字写《闲邪公家传》，都是祖父给我选定的。祖父认为我写字用功，奖给了我一块猪肝紫的端砚和十几本旧拓的字帖：我印象最深的是一本褚河南的《圣教序》。这些字帖是一个败落的世家夏家卖出来的。夏家藏帖很多，我的祖父几乎全部买了下来。一个暑假，从一个姓韦的先生学桐城派古文、写字。韦先生是写魏碑的，他让我临的却是《多宝塔》。一个暑假读《古文观止》、唐诗，写《张猛龙》。这是我父亲的主意。他认为得写写魏碑，才能掌握好字的骨力和间架。我写《张猛龙》，用的是一种稻草做的纸——不是解大便用的草纸，很大，有半张报纸那样大，质地较草纸紧密，但是表面相当粗。这种纸市面上看不到卖，不知道父亲是从什么地方买来的。用这种粗纸写魏碑是很合适的，运笔需格外用力。其实不管写什么体的字，都不宜用过于平滑的纸。古人写字多用麻纸，是不平滑的。像澄心堂纸那样细腻的，是不多见的。这三部帖，给我的字打了底子，尤其是《张猛龙》。到现在，从我的字里还可以看出它的影响，结体和用笔。

临帖是很舒服的，可以使人得到平静。初中以后，我就很少有整桩的时间临帖了。读高中时，偶尔临一两张，一曝十寒。二十岁以后，读了大学，极少临帖。曾在昆明一家茶叶店看到一副对联："静对古碑临黑女，闲吟绝句比红儿"。这副对联的作者真是一个会享福的人。《张黑女》的字我很喜欢，但是没有临过，倒是借得过一本，反反复复，"读"了好多遍。《张黑女》北书而有南意，我以为是从魏碑到二王之间的过渡。这种字体很难把握，五十年来，我还没有见过一个书家写《张黑女》而能得其仿佛的。

写字，除了临帖，还需"读帖"。包世臣以为读帖当读真迹，石刻总是形似，失去原书精神，看不出笔意，固也。试读《三希堂法帖·快雪时晴》，再到故宫看看原件，两者比较，相去真不可以道里计。看真迹，可以看出纸、墨、笔之间的关系。尤其是"运墨"；"纸墨相得"，是从拓本上感觉不出来的。但是真迹难得看到，像《快雪时晴》、《奉橘帖》那样的稀世国宝，故宫平常也不拿出来展览。隔着一层玻璃，也不便揣摩谛视。求其次，则可看看珂罗版影印的原迹。多细的珂罗版也是有网纹的，印出来的字多浅淡发灰，不如原书的沉着入纸。但是，毕竟慰情聊胜无，比石刻拓本要强得多。读影印的《祭侄文》，才知道颜真卿的字是从二王来的，流畅潇洒，并不都像《麻姑仙坛》那样见棱见角的“方笔”；看《兴福寺碑》，觉赵子昂的用笔也是很硬的，不像坊刻应酬尺牍那样柔媚。再其次，便只好看看石刻拓本了。不过最好要旧拓。从前旧拓字帖并不很贵，逛琉璃厂，挟两本旧帖回来，不是难事。现在可不得了了！前十年，我到一家专卖碑帖的铺子里，见有一部《淳化阁帖》，我请售货员拿下来看看，售货员站着不动，只说了个价钱。他的意思我明白：你买得起吗？我只好向他道歉：“那就不麻烦你了！”现在比较容易得到的丛帖是北京日报出版社影印的《三希堂法帖》。乾隆本的《三希堂法帖》是浓墨乌金拓。我是不喜欢乌金拓的，太黑，且发亮。北京日报出版社用重磅铜版纸印，更显得油墨堆浮纸面，很“暴”。而且分装四大厚册，很重，展玩极其不便。不过能有一套《三希堂法帖》已属幸事，还有什么话可说呢？

《三希堂法帖》收宋以后的字很多。对于中国书法的发展，一向有两种对立的意见。一种以为中国的书法，一坏于颜真卿，二坏于宋四家。一种以为宋人书是一个重要的突破。宋人宗法二王，而不为二王所囿，用笔洒脱，显出各自的个性和风格。有人一辈子写晋人书体，及读宋人帖，方悟用笔。我觉两种意见都有道理。但是，二王书如清炖鸡汤，宋人书如棒棒鸡。清炖鸡汤是真味，但是吃惯了麻辣的川味，便觉得什么菜都不过瘾。一个人多“读”宋人字，便会终身摆脱不开，明知趣味不高，也没有办法。话又说回来，现在书家中标榜写二王的，有几个能不越雷池一步的？即便是沈尹默，他的字也明显地看出有米字的影响。

“宋四家”指苏（东坡）、黄（山谷）、米（芾）、蔡。“蔡”本指蔡京，但因蔡京人品不好，遂以蔡襄当之。早就有人提出这个排列次序不公平。就书法成就说，应是蔡、米、苏、黄。我同意。我认为宋人书法，当以蔡京为第一。北京日报出版社《三希堂法帖与书法家小传》（卷二），称蔡京“字势豪健，痛快沉着，严而不拘，逸而不外规矩。比其从兄蔡襄书法，飘逸过之，一时各书家，无出其左右者”“……但因人品差，书名不为世人所重。”我以为这评价是公允的。

这里就提出一个多年来缠夹不清的问题：人品和书品的关系。一种很有势力的意见以为，字品即人品，字的风格是人格的体现。为人刚毅正直，其书乃能挺拔有力。典型的代表人物是颜真卿。这不能说是没有道理，但是未免简单化。有些书法家，人品不能算好，但你不能说他的字写得不好，如蔡京，如赵子昂，如董其昌，这该怎么解释？历来就有人贬低他们的书法成就。看来，用道德标准、政治标准代替艺术标准，是古已有之的。看来，中国的书法美学、书法艺术心理学，得用一个新的观点、新的方法来重新开始研究。简单从事，是有害的。

蔡京字的好处是放得开，《与节夫书帖》、《与宫使书帖》可以为证。写字放得开并不容易。书家往往于酒后写字，就是因为酒后精神松弛，没有负担，较易放得开。相传王羲之的《兰亭序》是醉后所写。苏东坡说要“酒气拂拂从指间出”，才能写好字，东坡《答钱穆父诗》书后自题是“醉书”。万金跋此帖后云：

> 右军兰亭，醉时书也。东坡答钱穆父诗，其后亦题曰醉书。较之常所见帖大相远矣。岂醉者神全，故挥洒纵横，不用意于布置，而得天成之妙欤？不然则兰亭之传何其独盛也如此。

说得是有道理的。接连写几张字，第一张大都不好，矜持拘谨。大概第三四张较好，因为笔放开了。写得太多了，也不好，容易“野”。写一上午字，有一张满意的，就很不错了。有时一张都不好，也很别扭。那就收起笔砚，出去遛个弯儿去。写字本是遣兴，何必自寻烦恼。

小说笔谈

语言

在西单听见交通安全宣传车播出："横穿马路不要低头猛跑"，我觉得这是很好的语言。在校尉营一派出所外宣传夏令卫生的墙报上看到一句话："残菜剩饭必须回锅见开再吃"，我觉得这也是很好的语言。这样的语言真是可以悬之国门，不能增减一字。

语言的目的是使人一看就明白，一听就记住。语言的惟一标准，是准确。

北京的店铺，过去都用八个字标明其特点。有的刻在匾上，有的用黑漆漆在店面两旁的粉墙上，都非常贴切。"尘飞白雪，品重红绫"，这是点心铺。"味珍鸡蹠，香渍豚蹄"，是桂香村。煤铺的门额上写着"乌金墨玉，石火光恒"，很美。八面槽有一家"老娘"（接生婆）的门口写的是："轻车快马，吉祥姥姥"，这是诗。

店铺的告白，往往写得非常醒目。如"照配钥匙，立等可取”。在西四看见一家，门口写着：“出售新藤椅，修理旧棕床”，很好。过去的澡堂，一进门就看见四个大字：“各照衣帽”，真是简到不能再简。

《世说新语》全书的语言都很讲究。

同样的话，这样说，那样说，多几个字，少几个字，味道便不同。张岱记他的一个亲戚的话：“你张氏兄弟真是奇。肉只是吃，不知好吃不好吃；酒只是不吃，不知会吃不会吃。”有一个人把这几句话略改了几个字，张岱便斥之为“伧父”。

一个写小说的人得训练自己的“语感”。

要辨别得出，什么语言是无味的。

结　构

戏剧的结构像建筑，小说的结构像树。

戏剧的结构是比较外在的、理智的。写戏总要有介绍人物，矛盾冲突、高潮（写戏一般都要先有提纲，并且要经过讨论），多少是强迫读者（观众）接受这些东西的。戏剧是愚弄。

小说不是这样。一棵树是不会事先想到怎样长一个枝子，一片叶子，再长的。它就是这样长出来了。然而这一个枝子，这一片叶子，这样长，又都是有道理的。

从来没有两个树枝、两片树叶是长在一个空间的。

小说的结构是更内在的，更自然的。

我想用另外一个概念代替“结构”——节奏。

中国过去讲“文气”，很有道理。什么是“文气”？我以为是内在的节奏。“血脉流通”、“气韵生动”，说得都很好。

小说的结构是更精细，更复杂，更无迹可求的。

苏东坡说：“但常行于所当行，止于所不可不止。”说的是结构。

章太炎《菿汉微言》论汪容甫的骈体文，“起止自在，无首尾呼应之式”。写小说者，正当如此。

小说的结构的特点，是：随便。

叙事与抒情

现在的年轻人写小说是有点爱发议论。夹叙夹议，或者离开故事单独抒情。这种议论和抒情有时是可有可无的。

法朗士专爱在小说里发议论。他的一些小说是以议论为主的，故事无关重要。他不过借一个故事来发表一通牵涉到某一方面的社会问题的大议论。但是法朗士的议论很精彩，很精辟，很深刻。法朗士是哲学家。我们不是。我们发不出很高深的议论。因此，不宜多发。

倾向性不要特别地说出。

一件事可以这样叙述，也可以那样叙述。怎样叙述，都有倾向性。可以是超然的、客观的、尖刻的、嘲讽的（比如鲁迅的《肥皂》、《高老夫子》），也可以是寄予深切的同情的（比如《祝福》、《伤逝》）。

董解元《西厢记》写张生和莺莺分别："马儿登程，坐车儿临舍；马儿往西行，坐车儿往东拽；两口儿一步儿离得远如一步也！"这是叙事。但这里流露出董解元对张生和莺莺的恋爱的态度，充满了感情。"一步儿离得远如一步也"，何等痛切。作者如无深情，便不能写得如此痛切。

在叙事中抒情，用抒情的笔触叙事。

怎样表现倾向性？中国的古话说得好：字里行间。

悠闲和精细

写小说就是要把一件平平淡淡的事说得很有情致（世界上哪有许多惊心动魄的事呢）。同样一件事，一个人可以说得娓娓动听，使人如同身临其境；另一个人也许说得索然无味。

《董西厢》是用韵文写的，但是你简直感觉不出是押了韵的。董解元把韵文运用得如此熟练，比用散文还要流畅自如，细致入微，神情毕肖。

写张生问店二哥蒲州有什么可以散心处，店二哥介绍了普救寺：

“店都知，说一和，道：‘国家修造了数载余过，其间盖造的非小可，想天宫上光景，赛他不过。说谎后，小人图什么？普天之下，更没两座。’张生当时听说后，道：‘譬如闲走，与你看去则个。’”

张生与店二哥的对话，语气神情，都非常贴切。“说谎后，小人图什么”，活脱是一个二哥的口吻。

写张生游览了普救寺，前面铺叙了许多景物，最后写：

“张生觑了，失声地道：‘果然好！’频频地稽首。欲待问是何年建，见梁文上明写着：‘垂拱二年修。’”

这真是神来之笔。“垂拱二年修”，“修”字押得非常稳。这一句把张生的思想活动，神情，动态，全写出来了。——换一个写法就可能很呆板。

要把一件事说得有滋有味，得要慢慢地说，不能着急，这样才能体察人情物理，审词定气，从而提神醒脑，引人入胜。急于要告诉人一件什么事，还想告诉人这件事当中包含的道理，面红耳赤，是不会使人留下印象的。

张岱记柳敬亭说武松打虎，武松到酒店里，蓦地一声，店中的空酒坛都嗡嗡作响，说他“闲中著色，精细至此”。

惟悠闲才能精细。

不要着急。

董解元《西厢记》与其说是戏曲，不如说是小说。人民文学出版社出版的《董西厢》的《前言》里说：“它的组织形式和它采取的艺术手法，为后来的戏曲、小说开阔了蹊径”，是很有见识的话。从小说的角度来说，《董西厢》的许多细致处远胜于许多话本。它的许多方法，到现在对我们还有用，看起来还很“新”。

风格和时尚

齐白石在他的一本画集的前面题了四句诗：“冷艳如雪个，来京不值钱。此翁无肝胆，空负一千年。”他后来创出了红花黑叶一派，他的画被买主——首先是那些壁悬名人字画的大饭庄所接受了。

于非闇开始的画也是吴昌硕式的大写意的。后来张大千告诉他：“现在画吴昌硕式的人这样多，你几时才能出头？”他建议于非闇改画院体的工笔画。于非闇于是改画勾勒重彩。于非闇的画也被北京的市民接受了。

扬州八怪的知音是当时的盐商。

我不以为盐商是不懂艺术的。

艺术是要卖钱的，是要被人们欣赏、接受的。

红花黑叶、勾勒重彩、扬州八怪，一时成为风尚。实际上决定一时风尚的是买主。画家的风格不能脱离欣赏者的趣味太远。

小说也是这样。就是像卡夫卡那样的作家。如果他的小说没有一个人欣赏，他的作品是不会存在的。

但是一个作家的风格总得走在时尚前面一点，他的风格才有可能转而成为时尚。

追随时尚的作家，就会为时尚所抛弃。

小说陈言

抓住特点

杨慎《升庵诗话》卷四《劣唐诗》："学诗者动辄言唐诗，便以为好，不思唐人有极恶劣者。"他举了一些劣诗，如"莫将闲话当闲话，往往事从闲话生"，这真是"下净优人口中语"。但他又举"水牛浮鼻渡，沙鸟点头行"，以为这也是劣诗，我却未敢同意。水牛浮鼻而渡，这是江南水乡随时可见到的景象，许多画家都画过。但是写在诗里却是惟一的一次。"沙鸟点头行"尤为观察入微。这一定不是野鸭子那样的水鸟，水鸟走起来是一摇一摆的。这是长腿的沙鸟。只有长腿鸟"行"起来才是一步一点头。这不是劣诗。这也许不算好诗，但是是很好的小说语言，因为一下子抓住了特点。

写景、状物，都应该抓住特点。写人尤当如此。宋朝有一个皇帝，要接见一个从外省调进京的官，他怕自己认不出这个官（同时被接见的还有别的人），问一个大臣，这个官长得什么模样。大臣回答："这个人很好认，他长得是个西字脸。"第二天接见，皇帝一直忍不住笑。一个人长得一个西字脸是很好笑的。我们不但可以想见此人的脸形，还仿佛看见他的眉眼。这位大臣很能抓住人的特点。鲁迅写高老夫子的步态，"像木匠牵着的钻子，一扇一扇地直走"，此公形象，如在目前。因为有特点。

虚　构

小说就是虚构。

纪晓岚对蒲松龄《聊斋》多虚构很不以为然：

> 小说既述见闻，即属叙事，不比戏场关目，随意装点。……今嬿昵之词，媟狎之态，细微曲折，摹绘如生，使出自言，似无此理，使出作者代言，则何从而见闻，又所未解也。

这位纪文达公（纪晓岚谥号）真是一个迂夫子。他以为小说都得是纪实，不能"装点"。照他的看法，"嬿昵之词"、"媟狎之态"都不能有。如果把这些全去掉，《聊斋》还有什么呢？

不但小说，就是历史，也不能事事有据。《史记》写陈涉称王后，乡人入宫去见他，惊叹道：“夥颐！涉之为王沉沉者！”写得很生动。但是，司马迁从何处听来？项羽要烹了刘邦的老爹，刘邦答话：“我翁即若翁，必欲烹而翁，则幸分我一杯羹。”刘邦的无赖嘴脸如画。但是我颇怀疑，这是历史还是小说？历来的史家都反对历史里有小说家言，正足以说明这是很难避免的。因为修史的史臣都是文学家，他们是本能地要求把文章写得生动一些的。历史材料总不会那样齐全，凡有缺漏处，史臣总要加以补充。补充，即是有虚构，有想象。这样本纪、列传才较完整，否则，干巴嗤咧，“断烂朝报”。

但是，虚构要有生活根据，要合乎情理，嘉庆二十三年，涪陵冯镇峦远村氏《读〈聊斋〉杂说》云：

> 昔人谓：莫易于说鬼，莫难于说虎。鬼无伦次，虎有性情也。说鬼到说不来处，可以意为补接；若说虎到说不来处，大段著力不得。予谓不然。说鬼亦要有伦次，说鬼亦要得性情。谚语有之：“说谎亦须说得圆”，此即性情伦次之谓也。试观《聊斋》说鬼狐，即以人事之伦次，百物之性情说之。说得极圆，不出情理之外；说来极巧，恰在人人意愿之中。虽其间亦有意为补接，凭空捏造处，亦有大段吃力

处，然却喜其不甚露痕迹牵强之形，故所以能令人人首肯也。

这说得不错。

“虚构”即是说谎，但要说得圆。我们曾照江青的指示，写一个戏：八路军派一个干部，进入蒙古草原，发动王府的奴隶，反抗日本侵略者和附逆的王爷（这是没有发生过，不可能发生的事）。这位干部怎样能取得牧民的信任呢？蒙古草原缺盐。盐湖都叫日本人控制起来了。一个蒙奸装一袋盐到了一个“浩特”，要卖给牧民。这盐是下了毒的。正在紧急关头，八路军的干部飞马赶到，说：“这盐不能吃！”他把蒙奸带来的盐抓了一把，放在一个碗里，加了水，给一条狗喝了。狗伸伸四条腿，死了。下面的情节可以想象：八路军干部揭露蒙奸的阴谋，并将自己带来的盐分给牧民，牧民感动，高呼“共产党万岁！”这个剧本提纲念给演员听后，一个演员提出“大牲口喂盐，有给狗喝盐水的吗？狗肯喝吗？就是喝，台上怎么表演？哪里去找这样一个狗演员？”这不是虚构，而是胡说八道。因为，无此情理。

《阿Q正传》整个儿是虚构的。但是阿Q有原型。阿Q在被判刑的供状上画了一个圆圈，竭力想画得圆，这情节于可笑中令人深深悲痛。竭力想把圈画得圆，这当然是虚构，是鲁迅的想象。但是不识字的愚民不会在一切需要画押的文书上画押，只能画一个圆圈（或画一个“十”字）却是千真万确的。这一点，不是任意虚构。因此，真实。

干 净

扬州说书艺人授徒，在家中设高桌（过去扬州说书都是坐在高桌后面），据案教学生，每天只教二十句。学生每天就说这二十句，反复说，要说得“如同刀切水洗的一般”。“刀切水洗”，指的是口齿清楚，同时也包含叙事干净，不拖泥带水。

过去说文章，常说简练。“简练”一词，近年不大有人提，为一些青年作者和评论家所厌闻。他们以为“简练”意味简单、粗略、浅。那么，咱们换一个说法：干净。“干净”不等于不细致。

张岱《陶庵梦忆·柳敬亭说书》：“余听其说‘景阳冈武松打虎’白文，与本传大异。其描写刻画，微入毫发，然又斩截干净，并不唠叨。”说书总要有许多枝杈，北方评书艺人称长篇评书为“蔓子活”，如瓜牵蔓。但不论牵出去多远，最后还能“找”回来，来龙去脉，清清楚楚。扬州王少堂说《水浒》，“武十回”、“宋十回”、

“卢十回”，一回是一回，有起有落，有放有收。

因为参加“飞马奖”的评选，我读了一些长篇小说，一些作品给我一个印象，是：芜杂。

芜杂的原因之一，是材料太多，什么都往里搁，以为这样才“丰富”，结果是拥挤不堪，人物、事件、情景，不能从容展开。

第二是作者竭力要表现哲学意蕴。这大概是受了西方现代主义的影响和青年评论家的怂恿（以为这样才“深刻”）。作者对自己要表现的哲学似懂非懂，弄得读者也云苫雾罩。我不相信，中国一下子出了这么多的哲学家。我深感目前的文艺理论家不是在谈文艺，而是在谈他们自己也不太懂的哲学，大家心里都明白，这种“哲学”是抄来的。我不反对文学作品中的哲学，但是文学作品主要是写生活。只能由生活到哲学，不能由哲学到生活。

第三，语言不讲究，啰唆，拖沓。

重读《丧钟为谁而鸣》，觉得海明威的叙述是非常干净的。他没有想表现什么“思想”，他只是写生活。

我希望更多地看到这样的小说：明明白白，清清楚楚，干干净净。